dear+ novel
Kanrininsan no koibito・・・・・・・・・・・・・・・・・・・・

管理人さんの恋人

小林典雅

新書館ディアプラス文庫

管理人さんの恋人

contents

管理人さんの恋人 ……………………………… 005

あとがき ……………………………………… 220

illustration : 木下けい子

管理人さんの恋人

朝の七時になると、東京・谷根千《やねせん》の片隅にある下宿屋「石花荘《いしはな》」では二ヵ所で音が鳴る。

大きな音は食堂の壁に掛かる未《いま》だ現役で動く古いねじまき式の振子時計が時を告げる音で、小さな音は台所のジャーの炊飯完了の電子音である。

石花荘の朝食時間は昔から七時という決まりで、硴野《かきの》生成《きなり》は毎朝三十分前に起きて支度をはじめる。

もうおかずは全部出来上がり、あとは炊飯器から炊き立ての五穀米《ごこくまい》を四つの茶碗によそうだけである。

石花荘は生成の祖父母が始めた下宿屋で、諸事情あって今は生成が大家代行兼管理人を務めている。

現在は三人の下宿人がおり、今朝はホワイトボードに食事不要のマグネットが誰のものもついていなかったので、自分の分も含めて計四人分用意した。

焼き鮭《ざけ》、だしまき玉子、梅肉《ばいにく》とうずらの卵をのせた納豆、味付け海苔《のり》、菜の花の辛子《からし》和《あ》え、豆腐となめこの味噌汁を器《うつわ》に盛り、お盆にのせてテーブルに運ぶ。

料理は必要に迫られて覚えた独学だが、いまは唯一の趣味といってもいいくらい好きで作っている。

それぞれの体格や食欲に応じて大きさの違う茶碗を定位置に並べていると、廊下と二階の階段から下宿人たちの足音が聞こえてきた。

「ボンジュール、生成さん。サヴァ（元気）？」

最初に食堂に入ってきたのは二十五歳のパリジェンヌ、ジャド・アルノーである。

栗色のベリーショートに緑の瞳、百七十三センチの痩躯《そうく》で少年体型のジャドは、一見美青年のように見える。

「ウィ、サヴァ（元気だよ）。おはよう、ジャド」

生成もなんちゃって発音のフランス語で返事をし、「チュッ」と口の中で音を立てながら二、三回頰を軽く触れ合わせる「ビズ」というフランス式の挨拶を交わす。

やや照れくさいが、親しい間柄なのに片方の頰しかしないと「もしかして嫌われてる？」とフランス人は不安になると言われたので、日本人的には気恥ずかしくても左右の頰にビズをする。

「あれ、ジャド、ちょっと目が赤いけど、よく眠れなかった？」

ほとんど身長の変わらない相手の目がうっすら充血しているのに気づいて問うと、ジャドは「はい、実は夜更《よふ》かしを」と頷いた。

パリ第七大学で日本語を学んだジャドは、宝塚《たからづか》とマンガを愛する美しきオタクで、趣味に打ち込む傍《かたわ》ら、セレブの子女が通う幼児教室でフランス語を教えるアルバイトをしている。

「ゆうべ、昔のトップスターたちが演じるベルばらを見始めたら止まらなくて。なので身体は眠いんですが、心は元気ムリムリ、あ、違う、元気ムラムラ、じゃないな、元気ムキムキ？

……あれ、オノマトペがごっちゃになっちゃった……！」

フランス人かつヅカヲタの名に恥じぬ情熱的な身振りで頭を抱えるジャドに、後ろからやってきたエジプト人のアリー・アブドルハリームが笑顔で訂正した。

「それは『元気モリモリ』だね。『元気ムラムラ』もかなりツボる表現だけど」

陽気にジャドに笑いかけてから、アリーは生成の両肩を抱いてむちゅっと頬に口づける。

「サバーハルヘール（おはよう）、生成さん」

「サバーハンヌール（返事のおはよう）、アリー」

生成はまたなんちゃって発音のアラビア語で返事をし、ジャドとのビズよりもっと照れくさい直《じか》に唇をつける挨拶を交わす。

エジプト男子の人懐《ひとなつ》こさとスキンシップ過多な国民性を色濃く表す挨拶は、母国ではおじさん同士でも普通にするらしい。

生成は同性に惹かれるタイプなのだが、恋人でもない男性と挨拶とはいえ頬にキスするのははじめは違和感もあった。でもせっかく店子《たなこ》が示してくれる親愛の情を無下《むげ》にもできず、ジャドとのビズ同様相手の国の習慣を受け入れている。

アリーは百九十センチの長身に精悍《せいかん》な顔立ちのムスリム（イスラム教徒）で、エジプトに日本の文化を紹介する非営利団体で働いている。

父親が日本に駐在経験のある外交官で、叔父がカイロの日本人学校に勤めていた関係で、小さな頃から日本語に親しんで育った、桜と和菓子とさだまさしを愛好する三十歳である。

「モイ（やあ）」

ジャドとアリーに続いて、フィンランド人のミカ・ライティネンが食堂に入ってくる。

『ミカ』という名はフィンランドではメジャーな男子名で、彼もジブリアニメから日本に興味を持ち、ヘルシンキ大で日本文学を学んだ二十四歳の留学生である。

普段はシャイで寡黙《かもく》で真面目で表情筋の動きが少なめな典型的フィンランド男子だが、アルコールが入ると弾《はじ》けるところも典型的フィンランド人と言える。

ミカはジャドとは逆の意味で性別不詳な容姿の持ち主で、北欧特有の抜けるように白い肌、肩にかかる長さのプラチナブロンド、ペールブルーの大きな瞳、線の細い華奢《きゃしゃ》な体つきをしており、知らない人が見たら美少女と見まごう中性的な美形である。

いつもは地味でオーソドックスな服装を好むが、酔うと日本に来てから目覚めた趣味に走り、女装して『ミカたんブログ』にはっちゃけた画像をアップするという突拍子もないことをする。

母国では女装癖はなかったが、先に帰国した留学生仲間の女子から私物のコスプレ衣装の処分を頼まれ、つい出来心で着てみたら予想外の楽しさと解放感にハマってしまったという。

酔いが覚めて素面《しらふ》に戻ると己の所業に青ざめて真面目にへこむので、生成たちは、

「まあまあ、人それぞれいろんな酒癖やストレス発散法があるし、たまにしかしてないから、あんまり気にしなくてもいいいんじゃないかな」

「そうですよ、別に誰にも迷惑かけてないし、似合うし。『ミカたんブログ』は明るくお茶目な北欧女子っていう嘘設定になってるし、酔っぱらうと普段の暗いミカと別人みたいになるし、きっと家族やクラスメイトが見たって同一人物とは思わないから大丈夫です」

「それになんといってもここは日本だから。日本では『可愛いは正義』だから、ミカの女装はなんの問題もないよ。普段も可愛いけど」

などと適当なことを言って落ち込むミカを励《はげ》ましている。

「おはよう、ミカ。あれ、ミカも寝不足？」

真顔が基本のミカの目もすこし赤いことに気づいて生成が問うと、ミカは控えめに頷いた。

「はい。論文のテーマがなかなか決まらなくて、考えてたら眠れなくなっちゃって。フィンランド人から見た現代日本人の側面について書こうと思うんですけど、切り口に迷ってて」

「結構壮大なテーマだね」

なにかヒントになるようなことを言ってあげられないか生成も一緒に考えようとしたとき、ジャドが席に着きながら言った。

「日本人とフィンランド人の共通点とかは？　両国民とも礼儀正しく勤勉で、会話中の沈黙が苦にならず、他国からどう見られているかが気になり、壁際で誰かが声をかけてくるのをじっと待ってる系のシャイだけど、飲むと豹変《ひょうへん》しがちで酒の上での無礼講に寛容なところとか」

最後の指摘が耳に痛かったらしく、ミカが無表情のままうっすら顔を赤らめる。

生成も酔ってしくじった経験がゼロではないので「まあまあ」ととりなし、

「ミカが真面目なのはよく知ってるけど、そんな眠れなくなるほど考え込まずに、もっと気楽にしてたほうが案外いい案が思いつくかもしれないよ」

と元気づけると、ミカはこくりと頷いた。

「自分でもそう思って、夜中に一旦論文のことを考えるのはやめて、『となりのトトロ』をちょっとだけ見て癒《いや》されようと思ったら、つい全部見ちゃって、ゆうべは寝不足になりました」

とっくに気楽に過ごしていたことが判明し、生成は苦笑しながらエプロンを外して席に着く。

「ミカはほんとにトトロ好きだね。さあ、みんな揃ったからそろそろ食べようか」

生成が「いただきます」と両手を合わせると、三人も「いただきます」と唱和《しょうわ》する。

今日は純和風の朝食だが、時々は三人の母国のメニューも出すことにしている。

ただせっかく日本に来ている間はなるべく日本らしいものを味わってほしいというのが祖父母のポリシーだったので、生成もそれを踏襲《とうしゅう》して、外国人には馴染みの薄い和の食材は少量ずつにしたり、口に合うようアレンジしたりしている。

ジャドが慣れた手つきで納豆を混ぜながら、思い出したように生成に言った。

「そうだ、ゆうべ省二《しょうぞう》さんから電話があって、無事サンパウロに着いて、カルロスさんという方に会えたそうです。『数日ヤッカイになる』と生成さんに伝えてくれと頼まれました」

生成は箸《はし》を止め、ほっと息をつきながら頷く。

「了解。……まあ、元気ならいいんだけど、いつ帰ってくる気なんだろうね、あの人は」

祖父の省三はいま、以前石花荘に住んでいた下宿人たちに会いに世界各国を巡る気儘《きまま》な一人旅に出ている。

元々石花荘は普通の学生下宿で、はじめから外国人の店子を受け入れていたわけではなかったが、ある時期から空き部屋対策で留学生を入居させたところ、大家夫婦の温かい人柄に惹《ひ》かれた留学生が退去時に友人に引き継ぎ、そのまた知人友人たちへと口コミで縁が広がり、いつのまにか途切れなく外国人で埋《う》まるようになった。

生成も中学生頃までは夏休みは石花荘に泊まりに来て、多国籍の店子たちと片言で話したり、遊んでもらったりしたが、次第に足が遠のき、就職後は年賀状のやりとりだけになっていた。

五年前に祖母のキミ子が他界し、その後省三がひとりで下宿の切り盛りをしていたが、生成が二年前に過労で身体を壊したことを契機に、一緒に管理人業を手伝うことになった。

生成はそれまで大手電機メーカーのマーケティング事業部に勤めており、連日深夜までの残業のあと、酒豪《しゅごう》の上司のお供で酒の席にも度々《たびたび》同行させられ、やっと帰れても数時間寝たらまたすぐ出社するような毎日だった。

倒れるすこし前から体調に異変を感じていたが、受診する暇もなく、休日は起きられずにひたすら死んだように眠り、物を食べると腹が痛むようになると食事をろくにとらず、接待の席で少量つまみを口に入れて一日の食事にするようなことをしていたら、とうとう急性膵炎《すいえん》と胃《い》潰瘍《かいよう》、低栄養から結核にも罹患《りかん》しており、隔離室《かくりしつ》での入院加療《かりょう》を余儀《よぎ》なくされた。

　そのとき見舞いに来てくれた省三に、

「……こんなに痩《や》せちまって……なあ、おまえの仕事は血を吐くまで身を削《けず》らなきゃいけないような仕事なのか？　ほかに代えのきかない、おまえにしかできない仕事なのか？　頑張り続けた挙句《あげく》に過労死なんかしたらおしまいじゃないか。じいちゃんが許すから、一日全部抛《ほう》りだして休め。まだ若いんだから、ほかにも道はある。とりあえず退院したら、じいちゃんのところに来い。元気になるまで静養《せいよう》して、しばらく下宿の仕事を手伝ってくれないか」

と言われた。

　たぶん数年ひとりで下宿をやってきて、年齢的にも体力的にもきつくなり、戦力になる人手も欲しかったのだろうが、本気で自分の身を案じてくれている気持ちも伝わった。

　たぶんまた職場に復帰して、もし本当に過労死したとしても、会社は欠けた歯車を新しいものに替えるだけでたいして痛手とも思ってくれないだろうが、少なくとも祖父にとっては自分は歯車以上の価値があり、自分を本当に必要としてくれるのは会社より祖父のほうかもしれないと思えた。

　当時、ひそかに同じ部署の先輩に片想いをしており、成果を出せば仕事では目をかけてもらえるかも、と懸命に頑張っていたが、これを機に叶わぬ想いにケリをつけようかとも思った。

　せっかく就職できた会社を三年で辞めるなんて落伍者《らくごしゃ》的な選択かも、とかなり迷ったし、親にも早まるなと止められたが、いま祖父の希望をきいて祖父孝行しておけば後々悔やまずに済むような気もして、退院後は石花荘に行くことに決めた。

入院中、栄養士から食事指導を受け、バランスのいい食事の大切さや、健康のありがたみを痛感したので、日々の食事をきちんと手作りすることにした。

実家を出てからずっと外食ばかりでまともに台所に立ったことはなかったが、病院でもらったパンフレットのレシピどおりに作ってみると、意外に向いていたのか最初からまあまあのものができ、省三にも好評だった。

ほかにもレシピ本を集め、料理アプリや料理番組を見て再現したりしているうちに腕が上がり、下宿人用の食事作りも任されるようになった。

外国籍の店子たちは簡単な家庭料理でもオーバーに誉めてくれるので作り甲斐《がい》があり、たまに失敗しても、これが日本伝統の味なのかと勘違いして文句も言わずに残さず食べてくれるので、失敗を恐れずにあれこれ作ってみるのが楽しくなった。

健康的な食事と、買い出しや共有スペースの掃除や修繕《しゅうぜん》などの適度な運動、会社勤めの頃に比べてストレスが激減したことで、入院前に六キロ落ちた体重も戻った。

社会的には引きこもりに属するかもしれないし、色恋とも無縁だが、日々心穏やかに管理人業に勤《いそ》しんでいたある日、省三が庭木の剪定《せんてい》中にはしごから落ちて腰を強打し足を捻挫《ねんざ》してしまった。

幸い怪我は軽く、寝ついたりせずに済んだのだが、省三は完治してから生成に言った。

「今回のことで、じいちゃんもいつまで元気でいられるかわからないと身に沁《し》みた。足腰だけじゃなく、いつボケたりぽっくり逝《い》くとも限らないから、いまのうちに、どうしても行っておきたいところがあるんだ。昔うちで面倒を見た下宿人たちがいまどうしてるのか、ひと目会いに行きたい。行ってもいいか？」

「……え。ひとりで？　だって、いままでの下宿人って大勢いるし、いろんな国から来てたじゃないか。じいちゃん、パック旅行だってしたことないのに、そんなこと無謀すぎるよ」

どうしても行きたいなら自分も一緒に行くと申し出たが、

「おまえには残ってジャドちゃんたちの世話をしてもらわにゃ。大丈夫、ちゃんといろいろ調べて計画を立ててから行くから。死ぬ前に一回だけ冒険させてくれ」

といまも連絡先がわかる相手と約束を取りつけ、着々と準備を進め、祖母の写真と共に旅立ったのがひと月前のことである。

高齢の初海外一人旅で危険な目に遭ったりはしていないか日々気を揉《も》んでいるが、持ち前の度胸と愛嬌《あいきょう》でなんとかやっているらしく、各地に散らばる懐かしい相手の家に請われるまま逗《とう》留《りゅう》したりして、楽しげに過ごしている画像が時折送られてくる。

「……まあ、じいちゃんにとっては人生初の自由な時間だから満喫《まんきつ》してほしいけど、こっちはずっと心配してるのに、俺の電話やメッセージは平気でスルーして、ジャドにはマメに連絡してくるっていうのが腹立つ」

生成がぶつぶつぼやくと、ジャドがほがらかに笑う。

「まあ、それはしょうがないですね。私の声が聞きたいんでしょう。でも、そんなに心配しなくても大丈夫ですよ。だって、初めて省三さんを見たとき、ヨーダか水木《みずき》しげるの妖怪図鑑に出てきそうな顔と思ったけど、笑顔がすごく可愛いし、話すと面白いし、省三さんは万国共通の愛されじじいキャラだから、誰もひどいことをしたりしないと思います」

今ひどいことを言われてるけど、と生成が思ったとき、ミカがぼそりと呟いた。

「……省三さん、僕がフィンランドに帰ったら、会いに来てくれるかな。遠いし寒いし、物価も高いから来てくれないかな……」

まだ帰国してもいないのに淋しげに呟くミカに、アリーが濃い眉を寄せて首を振る。

「そんなこと言ったら、エジプトだって遠いし暑いし、物価は安いけど、なんでもかんでもバクシーシ（チップ）とるし、政情不安も続いてるし、来てもらえないかも……」

「それなら、名所だらけで世界観光ランキング一位常連のフランスに省三さんに来てもらって、ふたりもパリで合流すればよくありませんか？」

DNAに埋め込まれたフランス・アズ・ナンバーワン思考で提案するジャドに、反論もできずに口を噤《つぐ》むふたりに生成は失笑を洩らす。

「みんなまだ当分日本にいるんだから、そんな先の話は気が早いよ。うちのじいちゃんは年の割にフットワーク軽いから、遠くても暑くても寒くても行くって言うと思うよ。もしその頃には体力的に無理ってじいちゃんが言ったら、俺が代わりにみんなに会いに行くからさ」

それでもいいだろ？　と三人の顔を見ると、ミカが小さくはにかみ笑顔を浮かべて頷き、ジャドが気取った仕草で指先を自分の唇につけて軽く生成のほうに投げ、アリーは両手で心臓の上を押さえる好意を示すジェスチャーをする。

他愛《たわい》もないことでいつも大騒ぎだな、とまた笑いを堪《こら》えつつ、生成は話題を変える。

「そうだ、今日の午後、新しい入居希望の人が部屋を見に来るって」

石花荘の下宿人用の部屋は全四室で、先日二年住んだイタリア人ライターが帰国したので、現在ひと部屋空《あ》きがある。

「へえ、今度はどこの国の人ですか？」

緑の瞳に好奇心を浮かべるジャドに、生成は言った。

「それが珍しく日本人の男子学生なんだ。G大に徒歩通学できる賄《まかな》いつきのところを探してるらしくて、今日親と一緒に内見《ないけん》に来るんだけど、もし決まったら、みんな仲良くしてあげてね」

「もちろん。すごく楽しみです。生成さんみたいな目の保養になる綺麗系だとなお嬉しいです」

「『お・も・て・な・し』は日本だけじゃなく、エジプトの文化でもあるから、おまかせを」

「その男子学生、フィンランドのこと、すこしは知ってるかな。ムーミンくらいかな……」

三人三様の反応に笑みを誘われながら、生成は時計を見て、急いで三人を学校や職場へと送り出したのだった。

＊＊＊＊＊

「あ、もうすぐアパートの更新だ」

学食で友人と昼飯を食べていたとき、畔上広野《あぜがみこうや》の携帯に管理会社からのメールが届いた。

もうそんな時期か、と思いながら呟くと、向かいで食べていた中村《なかむら》が「え」と目を剝《む》いた。

「……嘘、畔上、あの部屋更新すんの？　マジで？　やめたほうがよくね？　俺なら速攻で引っ越すけど。だっておまえのアパート、騒音おばさん並みの人たちの巣窟《そうくつ》じゃん」

「……いや、そこまでじゃ……、まあ、今朝も左下の人の目覚ましで起きたけど」

広野が現在住んでいる『グレース三国《みくに》』は築八年の１Ｋで、駅やコンビニにも近く、立地的にはなんの問題もないが、近隣への配慮に欠けた居住者が多い。

以前遊びに来た中村は一度で懲《こ》りたらしく、ほかの友人たちも飲み会の帰りなどに押しかけてきて泊まっていくと、大抵次から来なくなる。

広野はミックスフライ定食のエビフライにタルタルソースをつけながら言った。

「俺だっていいとこあれば越したいけど、来年留学も控えてるし、何度も引っ越すのも大変だしさ」

広野はA大の経済学部の二年で、将来どんな職に就《つ》くとしても英語はできたほうがいいという親の意向で、来年の九月からカナダに語学留学する予定だった。

「けど、出発までまだあるし、その間ずっとあの部屋で暮らすって最悪じゃん。俺なんか一晩で円形ハゲできるかと思ったのに、ほんとにおまえは無駄に穏和《おんわ》っつうか、鈍《にぶ》いっつうか、毛根頑丈な剛毛《ごうもう》っつうか」

ずばずばと人身攻撃を受け、広野は視線で遺憾《いかん》の意を表明する。

「別に剛毛は関係ないだろ。俺だって平気なわけじゃないけど、管理会社に言ってもたいして変わらないし、俺も忍者みたいに物音も立てずに暮らしてるわけじゃないから、もう修行と思って根性でスルーしてるんだよ」

中村が円形ハゲができそうだったという騒音の内訳は、まず右隣の二〇四号室の中年男性のヒステリックな生活音で、ドアや冷蔵庫の開閉時、毎回壊す気かという勢いで叩きつける。

真下の一〇三号室の夫婦は日課のように「殺してやる!」「おまえが死ね!」などと激しい夫婦喧嘩を繰り広げ、すぐ和解する。初めて聞いたときは「まさか本当に殺し合いに……」と青ざめて階下に止めに向かったが、ドアの前まで行くと「……ごめん、どうかしてた」「俺こそ」と即終結しており、この夫婦にとっては喧嘩はただのレクリエーションだと数日で悟《さと》った。

左下の一〇二号室の住人は夜勤のある職種らしく、複数個の目覚まし時計を早朝や深夜に大音量で鳴らし、そんな中でも起きないのか三十分くらい鳴りっぱなしということもよくある。

右下の一〇四号室の住人は毎晩のように耳の遠い母親から電話がかかり、「だーかーらー、もうかあさん、ちゃんと補聴器してる⁉」などと大声でやりとりするのが丸聞こえだった。

壁と床を接する住人の中で唯一無害だったのは左隣の二〇二号室の隣人で、クルーズ旅行の添乗員《てんじょういん》で不在がちなので静かだし、たまに旅先の土産をくれたりするいい人なのだが、最近どうやら恋人ができたらしく、時々夜中に恋人を連れ込んでいる気配がある。

隣人と自分のベッドが壁を隔《へだ》てて真横に並んでいるらしく、夜中にふと目を覚ますと房事《ぼうじ》の真っ最中ということがある。

急いでイヤホンをして耳を閉ざすようにしているが、不可抗力で聞こえてしまったエロ可愛い喘《あえ》ぎがどうも男の声に思えてならない。

人様の性的指向にとやかく言う気はないが、あのお隣さんがそうなのか、とか、相手の声から察するに若くて綺麗な男子なのかも、などとつい余計な想像を逞《たくま》しくしてしまい、その後隣人と廊下で顔を合わせたりすると、妙に申し訳なくいたたまれない気持ちにさせられる。

日夜バリエーションに富んだ騒音源《そうおんげん》に囲まれ、できればもっと壁の厚いところに移りたいが、物件探しや荷造りなどの手間を考えると二の足を踏んでしまう。

広野は味噌汁の椀《わん》を口元に運びながら言った。

「けど、いまの部屋を内見《ないけん》したときも騒音アパートなんて実情はわかんなかったし、もしほかによさそうなとこがあっても、そこだって実は変な人がいるかもしれないから、もう当分『グレース三国』二〇三号室で我慢しようかなって」

諦めモードでそう言うと、「でも可哀想すぎるんだよなぁ、あそこじゃ」と不憫《ふびん》がってくれながらメンチカツ定食の続きを食べていた中村が急にハッと動きを止めた。

「いま、おまえに全力で紹介したい物件を思い出した。なぁ、ここどうよ⁉」

勢い込んでスマホをタップし、画像をこちらに向けてくる。

目を上げると、画面には年代を感じさせる白い木造二階建ての和洋折衷《せっちゅう》の建物が映っている。

「なに、ここ。なんでおまえ自宅通学なのに物件なんて知ってんの」

不思議に思って問うと、中村は身を乗り出して声を弾《はず》ませた。

「ここな、『石花荘《いしはなそう》』っていうんだけど、なんかレトロで雰囲気いいだろ⁉ 実はさ、俺が最近ブログチェックしてるミカちゃんっていう超可愛いフィンランド人の留学生がここに住んでるんだよ！」

「ふうん」

あっさり相槌《あいづち》を打つと、「もう、ノリ悪いな」と中村が文句を言いながらまたスマホをいじり、美少女戦隊物などのアニメキャラのコスプレでポーズする金髪碧眼《へきがん》の北欧女子の画像を矢継《やつ》ぎ早《ばや》に見せる。

「ほら、めっちゃ可愛いだろ⁉　この周りに写ってる外国人たちもここに住んでるんだけど、おまえ、あの騒音アパート出てこっちに入居する気ない⁉　ミカちゃんは英語も話せるそうだし、ほかの下宿人たちにも日常的に英語で話しかけてもらえば、留学前におまえのリスニング力も向上するだろうし！」

「……まあ、そうかもしれないけど、ここ外国人専用の下宿屋なんじゃないの？」

根本的な質問をすると、中村は首を振る。

「いや、調べたら、特に外国人限定とは書いてなかったから、日本人でもOKだと思う。この中の誰かが最近帰国したらしくて、いま丁度ひと部屋空《あ》いてるんだよ。一階に住んでる日本人の大家さんが朝晩食事も作ってくれて、超美味《おい》しいってミカちゃんがよく書いてるし、ここに引っ越せば、おまえは騒音のストレスから解放されて、下宿のおばちゃんのおふくろの味を毎日食べられて、下宿先が駅前留学状態っていうナイスな環境になるんだぞ。すげーよくね⁉　俺荷物運ぶのとか手伝ってやるから、マジで考えてみてくんない⁉」

唾《つば》を飛ばして畳みかけてくる中村を広野は目を眇《すが》めて窺う。

「……その異様に熱いプレゼンの真の目的って、単に俺経由で北欧女子に接近したいだけだろ。だったら俺に勧《すす》めるより、自分で下宿したほうが早いだろうが」

中村ほどアニメに詳しくないので、ミカちゃんとやらのコスプレにもそこまで感銘も受けずに冷静に指摘すると、中村は薄赤くなって口を尖《とが》らせる。

「だって、俺が引っ越したいのは山々だけど、俺んち大学までチャリで通えるから、実家出て下宿するとか無理なんだよ。……たしかにおまえにミカちゃんと友達になってもらって俺を紹介してほしいっていう野望はあるけど、純粋におまえの悲惨な住環境を改善してやりたいっていう友情も嘘じゃないぞ」

「……それはありがとな」

絶対北欧女子狙いの私利私欲のほうが強いと思ったが、プレゼンには若干《じゃっかん》心が動かされた。

留学前に本物の駅前留学にも通う予定だが、家でもネイティブスピーカーたちと話せるなら、ひとりで教材を聞いたりするより生きた英語が身につきそうな気がする。

中村と別れてから自分でも物件サイトで石花荘を検索すると、家賃は今の部屋代と食費を足したものより若干リーズナブルになる計算になり、通学時間もそう増えるわけではなかった。

六畳の個室にミニキッチンとトイレ・シャワーつき、共同の浴室に浴槽《よくそう》と洗濯機あり、などと書いてある画面を見ながら、せっかくここまで話を聞いたのに、実物を見もしないで今の騒音部屋を更新するのもどうだろうという気がした。

とりあえず、見るだけ見に行ってみようかな、と半分以上ただの見学のつもりで訪れた石花荘で、広野は『グレース三国』とはまた違った賑《にぎ》わしい人々に遭遇し、入居を決めることになったのだった。

＊＊＊＊＊

「……わ、結構広いんだな」

門の前でさりげなさを装《よそお》って中を覗きながら、広野《こうや》は小さく独りごちる。

石花荘《いしはなそう》は最寄り駅から商店街を抜けて徒歩八分、閑静《かんせい》な住宅街の中にあり、ちょっとした幼稚園の園庭《えんてい》くらいある敷地の奥に建っていた。

港町の山の手にありそうな、いまは資料館などになっているノスタルジックな洋館を思わせる建屋《たてや》も、様々な種類の木々が植わり、花壇や小さな菜園がある広い庭も、日々愛情をもって手入れされている印象を受ける。

きっと大家のおばさんがマメな人なんだろうな、と思いながら、庭の奥で満開に咲いている立派な桜の木を眺めていたら、ふいに背後から、

「こちらになにかご用ですか?」

と軽く巻き舌アクセントのある日本語で話しかけられた。

はっと振り返ると、中村《なかむら》に見せられた北欧女子と一緒に写っていたショートヘアの外国人がいた。

全身黒でコーディネートしたパンツスタイルで、顔立ちは美しいが化粧やアクセサリーをしておらず、華奢《きゃしゃ》な男性かマニッシュな女性かしばし判断に迷う。

不審者を訝《いぶか》るような眼差しを向けられ、広野は急いで相手に向き直って頭を下げた。

「すいません、実は知り合いからこちらにいい下宿があると聞いたので、ちょっと見に来ただけなんです。決して空き巣とか、怪しい者ではありませんので……」

流暢《りゅうちょう》な日本語で話しかけられたので、ついこちらも普通に日本語で話してしまったが、ちゃんと通じてるかな、と思いながら、「じゃあ、俺はこれで」と言いかけると、

「……あっ! あなたでしたか」

と相手はなにか思い当たったかのようにぽんと手を打った。

「え?」と目をぱちくりさせる広野に相手は急に親しみのある笑顔を向け、

「失礼しました。私はここに住んでいるジャド・アルノーと申します。初めまして」

とエレガントな仕草で会釈《えしゃく》する。

「え。あ……、畔上広野《あぜがみ》です」

丁寧に名乗られて内心戸惑いつつ、つられて挨拶《あいさつ》する。

「おひとりですか？　親御《おやご》さんは？」

と周囲に視線を走らせながら問われ、

「え？　親は長野の実家にいますけど」

となにか嚙み合わないものを感じつつ、聞かれるまま答える。

「そうですか。ムッシュー畔上……ん、ちょっと言いにくいので『広野くん』でも構いませんか？　私のことは『ジャドさん』と呼んでください」

「あ、はい……」

滑《なめ》らかに会話をリードされ、つい頷いてしまう。

ここの住人は、よく入居希望の見学者が来るから対応に慣れているんだろうか、と内心首を傾《かし》げつつ、ひとまず相手の名前は「ジャド」だから、たぶん男の人なんだろう、と広野は勝手に思い込む。

「どうぞ中へお入りください。いま大家さんをお呼びしますから」

「え、あの……」

ジャドに腕を取られ、いいのかな、ちょっと様子を見るだけのつもりだったから、不動産屋にも大家さんにもなにも連絡しないで来ちゃったんだけど、と内心慌てながら玄関の前まで連れていかれる。

やや色の褪《さ》めた鈴蘭《すずらん》の絵柄のステンドグラスが嵌《はま》っている木のドアをジャドが開けようとすると、ガチャッとドアノブが音を立てるだけで開かなかった。

「あれ？　鍵がかかってる」

そう呟いてジャドがインターホンを鳴らしても反応がなく、

「……おかしいな、私たちが帰る頃にはいつも生成《きなり》さんが家にいるんですが……もしかしたら、ちょっと買い物に行ったのかもしれません。でもすぐ戻ると思うので、中でお待ちください」

と自分の鞄《かばん》から鍵を出そうとして、なかなか見つからずにしばらく中を掻《か》き回している。

これは、このタイミングで立ち去るべきかも、と広野は思い、

「あの、今日はこれで失礼します。また後日、ちゃんと大家さんに連絡してから来ますので」

と言うと、ジャドが顔を上げ、眉を顰《ひそ》めて首を振った。

「そんな、せっかく来たのに、部屋も見ないで帰るなんていけません。生成さんは知ってるし。今ちょっと鍵が見当たらないので、庭でお話でもしながら待ちましょう」

「え……でも」

キナリさんは知ってるって、なにを言ってるんだ？　と怪訝《けげん》に思いながら、また玄関先から腕を引かれ、桜の木のそばにあるガーデンテーブルまで連れてこられて椅子を勧《すす》められる。

裏手の物干し台に洗濯物がはためくのが見えるような敷地の奥まで入り込んでしまい、こんなつもりでは、と内心うろたえつつ、もうこうなったら大家さんに会ってちゃんと話して内見《ないけん》

させてもらおうかな、と肚《はら》を決め、広野は向かいに掛けたジャドに話しかけた。

「あの、ジャドさんはフランスの方なんですか？」

さっきムッシューと言われたので聞いてみると、「ウィ」と誇《ほこ》らしげに微笑《ほほえ》まれる。

「でも日本語ものすごくお上手ですね」

「ありがとうございます。『好きこそ物の上手なれ』です。私は宝塚をはじめ、日本にたくさん好きなものがあるので、一生懸命勉強しました」

「へえ、宝塚はうちの母もハマってますよ」

「ほんとですか？　私も男役のかっこよさに憧れて、髪も服もちょっと意識してます」

「あ、たしかにそんな感じですね」

母親も男役のほうが好きみたいだが、男の人でも男役を素敵だと思うのか、と思いながら、

「ちなみにジャドさんは英語も話せるんですか？」と聞いてみる。

「あいにくフランス語と日本語よりはうまくないです。一応話せますけど。……あ」

そのときキィッと門扉《もんぴ》が開く音がして、そちらを向いたジャドが「おかえりなさい！　早かったんですね」と片手を上げて手招いた。

大家さんが帰ってきたのかと目をやると、門から入ってきたのはふたりの外国人だった。

ひとりは長身で筋肉質の体軀《たいく》に紺のスーツを纏《まと》い、浅黒い整った顔立ちに黒縁眼鏡をかけたアラブ系かインド系のような美形で、もうひとりは金髪をポニーテールにし、襟《えり》と袖《そで》と裾《すそ》から

白いシャツを覗かせた水色のニットにジーンズを穿いた『ミカちゃん』だった。

北欧女子のミカさんはブログの雰囲気とはまるで違い、地味で無表情で、あれ、あの人はほんとに『ミカちゃん』なのかな、と思いながら、広野はぺこりとふたりに頭を下げる。

並んでこちらに歩いてきたふたりにジャドが立ち上がり、長らく離れていた恋人に会ったかのようにチュッチュッと左右の頬を寄せる。

顔面偏差値の高い三人の親密な挨拶をぽかんと傍観《ぼうかん》していると、

「広野くん、こちら下宿仲間のアリーとミカです。アリー、ミカ、こちらは畔上広野くん。ほら今朝の、部屋を見に来た大学生です」

いま「ほら今朝の」って聞こえたけど、空耳で「ラ・ケサノ」みたいなフランス語だったのかな、あと俺「大学生」って自分で言ったっけ、とあれこれ腑《ふ》に落ちない点もあったが、紹介された手前、急いで立ち上がって「初めまして」とお辞儀《じぎ》する。

「ああ、君が。ようこそ石花荘へ。アリー・アブドルハリームです」

にこにこと親しみをこめた笑顔で至近距離まで接近され、ぎゅっと右の掌《てのひら》を握られ、さらに左手で右の手首もぎゅっと摑んでゆさゆさされる。

「畔上広野です……」

初対面なのに近いし、握手激しいし、「ああ、君が」ってなんで知ってるみたいな言い方をするんだろう、と内心戸惑っていると、かなり距離のある場所から北欧女子が遠慮がちな小さな声で言った。

「……こんにちは。ミカ・ライティネンです」

こんにちは、と挨拶を返しながら、やたらフレンドリーなジャドとアリーと違って、この人は外国人でも人見知りなタイプなのかも、と思っていると、アリーがジャドに訊いた。

「なんでふたりでここに？　生成さんは？」

「それが、おでかけみたいでいないんです。私もうっかりして鍵を忘れちゃって」

「そうなんだ。僕は鍵持ってるけど、せっかくいい場所にいるから、お花見気分でここでみんなでいちご大福食べない？　出先で美味《おい》しそうだったから買ってきたんだ」

アリーが笑顔で手に持っていた白いビニール袋を掲《かか》げてみせると、「日本のいちご大福は神！」と歓声を上げてジャドとミカがすばやく席に着く。

広野も座るよう促《うなが》され、

「……あ、でも、俺、飛び入りだし、図々しくいただくわけには……」

数が合わなくて誰かが食べられなくなるとまずいし、と遠慮すると、アリーが気さくに笑う。

「日本人っぽい遠慮はいらないよ。多めに買ってきたし、みんなで食べたほうが美味しいし。エジプト人は初対面でもお客さんを歓待するのが好きなんだ」

にこにこと腕を引っぱられ、ほんとに俺までもらっちゃっていいのかな、でもせっかく親切に言ってくれてるのに固辞するのも失礼かも、ともう一度腰を下ろす。

六つ入りのパックを差し出され、頭を下げてひとつ受け取り、「いただきます」と頬張ると、

「やっぱり日本人っぽくお行儀いいですね。おやつにまで『いただきます』って言ってる！」

とジャドがおかしがる。

いや、家でひとりでポテチとか食べるときには言いませんけど、と笑って弁解してから、

「あの、みなさん、ほんとに日本語がお上手なんですね。ちょっとびっくりしたし、すごいなって感動しました。そんなにしゃべれるようになるには、ものすごく努力されたんでしょうね」

と敬意をこめて言うと、ジャドとアリーが満面の笑みを浮かべ、ミカが小さく口角《こうかく》を上げる。

自分ももっと頑張らなくては、親のお膳立《ぜんだ》てでとりあえず留学する、という受け身でいるようじゃ、この人たちのように他国の言葉を自分のものにはできない、と反省させられる。

花かんざしのように丸く花をつける綺麗な桜の木陰で一緒にいちご大福を食べながら、もしここでこの人たちと暮らせたら、いろいろ刺激を受けて、きっと楽しいだろうな、と思った。

最初は英語圏の人と身近に話せたら自分のためになるかも、という損得勘定もあったが、英会話はここでできなくても、この和気藹々《わきあいあい》と仲良さそうな人たちの仲間に入れてもらいたいな、という気持ちが強くなった。

「あの、大家さんの『キナリさん』という方は、どんな方なんですか？」

情報収集に訊ねてみると、ジャドがにこやかに答えた。

「すごくいい人ですよ。優しくて、面倒見がよくて、料理も上手で、病気のときは看病もしてくれるし、あと地震とか台風とか私たちはあまり慣れてないので怖いんですが、生成さんはどーんと構えて私たちを落ち着かせてくれるし、頼りになるお母さんみたいな人です」

「へえ……」

肝《きも》っ玉《たま》母さんみたいな女性を想像しながら相槌《あいづち》を打つと、アリーが笑いながら付け足す。

「たしかにお母さんっぽいけど、すごく美しい人だよ。ジャパニーズストレートのさらさらの黒髪とか、切れ長の瞳とか、肌理《きめ》の細かい肌とか、エジプトでは『民《たみ》さんは野菊《のぎく》のような人だ』みたいな喩《たと》えを『ガゼルのように美しい』って言うんだけど、生成さんを見てると『ヤ・ガザール』ってアラビア語で言いたくなるし」

「……へえ」

そんなに絶賛するってことは、アリーさんが熟女好きなのか、老いても衰《おとろ》えない美貌《びぼう》のおばさんなんだろうか、と思っていると、ミカが小さく口を開いた。

「みんなにとって、省三《しょうぞう》さんが日本でのおじいさんで、生成さんがお母さんでありお兄さんです。ふたりは大家さんですが、日本に来て初めてできた友達でもあります」

「……そうなんですか」

お母さんでお兄さん？　とよくわからない説明に混乱を来《きた》しつつ、初めて名前が出てきた「ショウゾウさん」と、お母さんのような「キナリさん」はどうやら年の差のある大家夫婦で、家族や友達と思えるようなアットホームな下宿を営《いとな》んでいるらしい、と情報を整理してみる。

グレース三国《みくに》ではそんな血の通《かよ》った交流はできなかったし、やっぱりできればここに住んでみたいな、と改めて思っていると、ミカに「広野くん」と真顔で呼びかけられた。

「はい。なんですか、ミカさん」

もし首尾よく下宿できたら、情報をくれた中村のためにもミカさんとは良好な関係になっておかなくては、と思いながら返事をする。

「質問があります。あなたはフィンランドと聞いて、なにを思い浮かべますか？」

「……え」

唐突な出題にきょとんとすると、ジャドが「ミカは人にそれ聞くの好きですねえ」と笑う。

日本人も外国人から見た日本のクールなところを聞くの好きだからな、と納得して、

「そうですね、フィンランドって言うと、まずムーミンと……サウナと……たしかサンタの村があったような気がするんですけど」

なにか喜んでもらえるような詳しいことを言いたいが、ざっくりしたことしか思い浮かばず、相手の瞳に（やっぱりその程度か）という失望が浮かんだ気がして広野は焦《あせ》る。

自分も日本のイメージを「サムライとニンジャとゲイシャとハラキリ」しか言われなかったら残念だし、なんとか挽回《ばんかい》しなくては、と、

「えーと、あとは……そうだ、ガムのキシリトールってフィンランド発祥のような気がするし、

福祉とエコが進んでて、男女格差が少ない国じゃないかと」

となんとかひねり出すと、ミカはやや口角をあげてこくりと頷く。

よかった、ちょっと嬉しそうだ、とほっとしながら、

「あと、たしか王室がありますよね」

と付け足した途端、相手の瞳が翳《かげ》った。

「それはデンマークとスウェーデンとノルウェーです。バイキングもその三ヵ国にはいましたが、フィンランドにはいません。サンタクロース村はフィンランドにありますが、世界の子供たちが宛先を『サンタさんへ』と書いて投函した手紙はグリーンランドに送られるそうです」

しまった、余計なことを言ってしまった、と焦っていると、ジャドがくすくす笑った。

「ミカ、広野くんは一般的な日本の男子だから、そんなにローカルネタに詳しくなくてもしょうがないですよ」

「そうだよ。だいぶ頑張ってたほうだよ。サルミアッキもエアギター選手権も出てこなかったけど。……ちなみに広野くん、エジプトと聞いてなにを思い浮かべる？」

アリーに身を乗り出され、いちご大福の御礼に今度はエジプトに抱くイメージを口にする。

「えーと、エジプトなら、ピラミッドとスフィンクス、ナイル川とミイラとクレオパトラに……あとなんか昔『おしん』ブームがあったっていうのもテレビで見たことがあります」

「あはは、もろ一般的な日本の男子レベルだけど、若干《じゃっかん》マニアックなことも知ってるね」

にこにこするアリーの隣から、「じゃあフランスは？」とジャドにも聞かれる。

「ええと、エッフェル塔、ルーブル美術館、ベルサイユ宮殿、ノートルダム寺院、フォアグラ、エスカルゴ、フランスパン、レ・ミゼラブル……とかですかね」

思いつくまま列挙すると、「ものすごくありがち！」と笑われる。

ミカがいじけたように目を伏せ、

「……ずるい。やっとのことで絞《しぼ》り出してたフィンランドよりすらすら挙げてる。どうせフィンランドなんて森と湖に覆《おお》われたド田舎と思われてるんだろうけど……。北のラップランドは大増殖すると自《みずか》ら海に向かって死の大行進するレミングの原生地だし……」

しょんぼり自虐的なことを言われ、広野は急いで首を振る。

「いや、ド田舎なんて全然思ってません。フィンランドのことは『なんかいい国』っていう印象しかないです。悪い部分までよく知らないっていうのもありますけど」

自分の無知のせいで気を悪くさせてしまった、と焦って弁解していたとき、

「みんなそんなとこに集まってなにやってるの？」

と背後から若い男性の声がした。

「あっ、生成さん。待ってたんですよ」

「おかえりなさい、生成さん」

「生成さん、いちご大福ありますよ」

三人が同時に声をかけ、え、キナリさんっておばさんじゃなかったのか、と驚いて振り向くと、すぐそばまで来ていた相手と目が合った。

「………」

三人の説明を聞いて思い浮かべた『綺麗な肝っ玉母さん』という想像図と、実物はまるで違っていた。

ガゼルのように美しい、という比喩《ひゆ》がふさわしいのかどうかエジプト人じゃないのでピンとこなかったが、男の自分でも思わず見惚《みと》れてしまいそうな『綺麗なお兄さん』だった。

さらさらの黒髪と切れ長の瞳のすごく美しい人、というアリーの情報に誇張も嘘もなく、どうしてずっと大家はおばさんだと勝手に思い込んでたんだろう、と思いながら、軽く口を開けて凝視してしまう。

相手はちょっと不思議そうな表情で軽く頭を下げ、三人のほうに目を向ける。

「……誰のお友達？」

口元を片手で隠して囁き声で誰何《すいか》する声を聞き、広野は慌てて立ち上がる。

「あの、すいません、まだ友達じゃなくて、実は是非こちらの下宿に、」

と事情を伝えようとしたとき、ジャドが先に言葉を継いだ。

「生成さん、彼は朝言ってた学生さんです。私が帰ってきたときに、ちょうど門の前にいたのでご案内しました」

親の留守中にちゃんと用件を果たして誉《ほ》められたい子供のようなドヤ顔で報告するジャドに、

「……え？　だって、今日親子で内見に来た松田《まつだ》さんって、二時頃に来てとっくに帰ったよ」

と彼の眉が怪訝そうに寄せられる。

その時点でようやくいままでジャドたちに誰か別の人と間違われていたのだと広野は察する。

じゃあおまえは一体誰なんだ、という視線を一斉に向けられ、広野は焦って弁解した。

「すいません、その『松田さん』という方とは別件で、俺も個人的に石花荘を見に来たんです。友人からこちらのことを聞いて、立地《りっち》だけでも見てみようと思って連絡もせずに来ちゃったんですけど、ジャドさんに声をかけてもらって、誰かと間違われてるってわからなくて、いちご大福までいただいちゃったんですけど、決して怪しい者じゃありませんので」

身元を証明できるものを急いで財布から取り出し、たくさん見せたほうが信じてもらえるかも、と学生証と運転免許証、保険証にドラッグストアのポイントカードまで差し出すと、

「……これはいりませんけど、ちょっと拝見します」

と素っ気《そけ》ない口調で大家の彼は手元に目を落とした。

みんなの破格のフレンドリーさは外国人だからではなく、単に人違いされていただけで、同じ日に物件確認に来た人がもう先に契約してしまったかもしれないと思うと無念だった。

内心がっくり肩を落としつつ、もうひと言だけ頼んでおこうと広野は言った。

「あの、人違いされてただけみたいなんですけど、いまジャドさんとアリーさんとミカさんと

お話させてもらって、初対面なのにすごく楽しくて、本気でこちらに入居できたらいいなと思ってしまいました。もう先約の方が契約してたら仕方ないんですけど、もし万が一キャンセルみたいなことがあったら、ご連絡いただけませんか？」

お願いします、と頭を下げる。

するとジャドも「生成さん」と呼びかけた。

「間違えて知らない人を中に入れてしまったのは私のミスです。でも言い訳じゃないけど、広野くんはほんとに悪い子じゃないと思ったんです。そういうのって目とか雰囲気とかでなんとなくわかるじゃないですか。そのマツダくんには会ってないからなんとも言えないけど、私は広野くんをここに住まわせてくれたら嬉しいです」

え、と顔を上げると、ジャドに笑みかけられる。

「僕も、広野くんはほんとにいい子だと思うから、ここに来てくれたら仲良くやれると思うな。まあ、マツダくんが来たとしても歓迎はするけど」

「いまさっき、すこしだけ広野くんと打ち解けてきたところなので、初めから人間関係の構築を始めなければならないマツダくんより、できれば広野くん推《お》しです」

アリーとミカもそれぞれの性格が表れた言い方で広野の味方をしてくれる。

彼は小さく笑って軽く首を傾げた。

「……なんだか短い間にずいぶん馴染《なじ》んだんだね。松田さんは見に来たけど結局入居を見合わせたから、まだ部屋は空《あ》いてるんだけど……」

「えっ」

じゃあ是非俺に、と前のめりに言いかけると、先に三人が、

「それならすんなり広野くんが入れますね！」

「省三さんと生成さん以外の日本人と暮らすのははじめてだから、楽しみだな」

「マツダくんは断ってくれてグッジョブです」

と口々に言う。

しばし間をあけてから、彼は三人に言った。

「ちょっと畔上さんとふたりだけで話をしたいから、みんな先に部屋に行っててくれるかな」

わかりました、と三人が石花荘の玄関ポーチへ向かうのを見届けてから、彼は広野に座るよう手で示した。

満開の桜の木を背にして座った相手の端整な容貌が、背景の効果も相まってさらに引き立ち、いままで顔面偏差値の高い三人と平気でしゃべっていたのに、なぜかドキドキと鼓動が騒ぎだす。

彼は身分証明のカード類を返してくれながら、

「名乗るタイミングが遅くなりましたが、大家代行の硴野《かきの》生成です」

と改めて軽く会釈した。

広野も「畔上広野です」ともう一度お辞儀をし、なんとなく相手の手のぬくもりが残るカード類をすぐにしまいたくないような気がして、無意識に掌の中に握る。

「部屋を探しているっていうのは本当なんですよね？」

「はい。いま住んでる部屋の更新時期が近いんですけど、ちょっと難あり物件で、できればすぐに越したいと思っていまして……」

さっき中村に言ったこととは正反対の言葉が本心から出る。

「そうなんですか。うちのことはお友達から聞いたって言ってましたけど、家賃とか間取りとか条件はもうネットで見たりしてくれてますか？」

「あ、はい、拝見しました」

「はじめに二ヵ月分を一括《いっかつ》でいただくことにしてるんですけど、大丈夫ですか？」

「はい、それは。親に頼んで、滞《とどこお》りなく」

そう答えながら、相手の前でまだ親がかりの学生の身でいることがどうしてか残念で情けないような気分になる。

「保証人は親御さんということでよろしいですか？　親御さんのご職業を伺っても？」

「はい、父は県庁の職員で、母は高校の数学教師です。来年の九月からカナダに留学する予定で、もしこちらでお世話になるとしたら、出発するまでってことになるんですけど」

「へえ、それはいい経験になるでしょうね」

相手の口元に微笑が浮かび、笑ったらさらに美しさが零《こぼ》れるようで、（なんかヤバいな）となにがヤバいのかわからないまま無自覚に思う。

なにか話をしていないとうっかりガン見してしまいそうで、広野は急いで話題を探す。

「えっと、さっきみなさんから『ショウゾウさん』という大家さんもいると伺ったんですが」

「ああ、祖父なんですけど、いまはちょっと旅に出ていないんです。元々ここは祖父の下宿屋で、不在の間、俺が預かっている形で」

そうなのか、おじいさんと孫だったのか、年の差夫婦なんて全然違ってた、と思いながら、

「こちらのことは、友人から外国人の下宿人が多いと聞いて、もし英語圏の方がいたら英語で話ができるかなって思って興味を持ったんですけど、みんなびっくりするくらい日本語ペラペラで、自分も見習って頑張って勉強しなきゃってすごく励《はげ》みになりました」

と言うと、相手はまた美しく微笑む。

「ちょっと驚くレベルの日本語力ですよね、うちの店子《たなこ》さんたちは。でもたしかみんな英語も話せるはずですよ。うちではあんまり聞いたことないですけど」

そう言って彼はすこし間をあけてから表情を真面目なものに改めた。

「海外留学を控えているなら、人種や宗教の違いにこだわりはあまりないかもしれませんが、アリーはイスラム教徒で、日本でも教義を守りながら暮らしています。でも普通の勤め人で、ミカがプロテスタントでジャドがカトリックなのと変わりありません。ただ、今日内見に来た

方はムスリムと聞いただけで、テロとかネガティブなイメージと結びつけて怖がってしまって、一緒に暮らすのは無理だと言われてしまいました。世界のあちこちでテロを起こすような人たちは、本来のイスラムの教えでは許されないことをしている一部の過激な集団で、ほとんどの平和的に暮らしているムスリムと同一視するのは間違いなんですけど、そう説明してもわかってもらえなくて。畔上さんもムスリムに心理的なアレルギーとか抵抗感がないか、先に伺っておきたいんですが」

「……えっと、『ムスリム』、ですか……」

いままでの自分の生活に馴染みの薄い言葉だったので、すぐには答えられなかった。

大学にも少数だがヒジャブというスカーフで髪を覆った東南アジアや中東からの女子留学生がいるし、通学の電車の窓から見えるモスクや、空港の一角に礼拝所の表示があるのを見たりすると、日本にもイスラム教徒がいるんだな、と思うが、名前を知っているような身近な知り合いはおらず、ほぼ接点がなかった。

観光地で見かけるイスラム教徒の団体旅行客にはビジュアルに「異文化」を感じるだけだが、メディアで報道されるイスラムを標榜《ひょうぼう》する過激派組織の自爆テロやジャーナリストやボランティアの拉致《らち》殺害や終わらない紛争のニュースを見ると、正直「怖い」という印象は否めない。

でも、さっき話したアリーはすごくフレンドリーで、気さくでにこにこしていて好感が持てた。残酷なテロ計画の実行のために潜伏《せんぷく》しているような危険な人にはとても見えなかったし、事実違う気がする。

見るからに危険そうではない人が実は危険だったりすることもあるし、陽気でほがらかなテロリストも探せばいるのかもしれないが、ムスリムというだけでテロ集団とは無関係な人まで怖がって全否定するのはただの無知と偏見だし、アリーたちが自分のことを「広野くんは悪い人じゃない、なんとなくわかる」と言ってくれたように、アリーのこともいい人だと信じていいと思った。

広野は目を上げてはっきり言った。

「大丈夫です。アリーさんのことを怖いなんて思わなかったし、ただイスラム教を信じている普通の隣人として仲良くさせてもらいたいです。イスラム教のことをよく知らないので、自分とは遠いものだと思ってたんですけど、もしアリーさんと親しくなれたら、いろいろ教えてもらって、知識として理解できたらなって思います」

すべてのイスラム教徒がテロリスト予備軍のように短絡的に考えるのは、日本人の誰かがたまたま凶悪な事件を起こしたら、日本人全員が危険な国民だと思われるのと一緒で、よく知り合えばそんなことはないとお互いにわかるはずだし、この大家さんだってアリーを普通の下宿人のひとりとして仲良く暮らしてるんだから、自分もそうできる、と思いながら答えると、相手はしばしの間のあと、さっきより笑みを深めて頷いた。

「わかりました。……ミカは普段すごく人見知りで、初対面の相手とはなかなか会話が弾まないんですけど、畔上くんとは結構話せたみたいだし、ほかのふたりも君を気に入ったようだし、たぶんうまくやってくれそうかなと思うので、いまから部屋を見てもらって、もしよさそうだと思ってくれたら決めてください」

にこっと優しい笑みを向けられ、またも見惚《みと》れかける。

「……あ、えと、はい、ありがとうございます……！」

ハッとして慌てて頭を下げながら、内見させてもらわなくても絶対に気に入るに決まってる、と内心確信する。

元々騒音部屋に耐えていたくらいだし、日当たりや収納など条件的なことは二の次で、誰と一緒に暮らせるかが一番大事な決め手のような気がした。

三人の濃いキャラの下宿人たちと過ごすのも楽しみだったが、この綺麗な人が三人からあんなに慕《した》われている理由を自分でも早く知りたくて、なぜかわくわく心が浮き立つのを止められなかった。

＊＊＊＊＊

「みなさん、今日は休日返上《へんじょう》で引っ越しの手伝いをしてくださり、本当にありがとうございました。おかげさまでばっちり片付きました」

石花荘《いしはなそう》の食堂で、お誕生日席に立って皆に礼をいう広野《こうや》に、「なんのなんの」「オタクじゃないから荷物の量が普通だったし」「タオルももらったし」と外国人チームが合いの手を入れる。

生成《きなり》は広野に座るように目顔と手で促《うなが》し、後を継ぐ。

「畔上《あぜがみ》くんもみんなも今日はほんとにお疲れ様でした。では、歓迎会とお疲れ様会を兼ねて、ごはんにしましょう」

「待ってましたー」と外国人チームから歓声と拍手が起こる。

席に着いた広野がテーブルに並ぶ料理に目を輝かせた。

「うわぁ、こんなにいっぱいすごい……！　嬉しいな、ありがとうございます……！」

感激の面持《おもも》ちで礼を言われ、生成は内心満足感と達成感を覚える。

午後にやってきた新しい下宿人の引っ越し作業は、大きな家具を運び入れる誘導だけ手伝い、細々したことは他の店子《たなこ》に任せて生成は夕食作りに黙々と励《はげ》んだ。

自分まで加わったら人手が多すぎるし、きっと手伝うと相手の持ち物をつい興味深く観察してしまいそうだったので自粛《じしゅく》した。

管理人になって二年、楽しいけれど代わりばえがなかったメンバーに久しぶりに新たな顔が増え、それがなかなか男前な若い男子とくれば、ひそかに胸が弾んでも仕方ないと思う。

もちろん店子とどうこうする気は元よりないが、どうせひとつ屋根の下に暮らすなら、ねずみ男のような貧相《ひんそう》なタイプより、見目良く性格も良さそうな男子のほうがテンションが上がるのが人情というものではないだろうか。

彼が物件を見に来た日、ちょっと通帳記入をして家に戻ると、庭で店子たちとナチュラルに歓談している日本人男子がいたので誰かの新しい友達かと思った。

ジャドが人違いで招き入れてしまった見知らぬ学生だとわかったときは不審に思ったが、話をしてみると、礼儀正しい物言いやきちんと躾《しつけ》を受けて育ったような素直そうな態度に好ましさを覚えた。

新しい入居者を選ぶ際は、まず先に暮らす店子たちとなんの偏見もなく普通につきあえるかどうかが大前提だと祖父に言われていたが、その点は大丈夫そうだったし、その他も問題なさそうだったので、当日に仮契約を交わした。

単に新規下宿人としての基準を満たしていたからで、断じて好感度の高い若いイケメンだったから優先したわけではない。

たぶん彼は普通のストレートだろうから、自分の性癖を気取《けど》られるようなことは一切する気はないし、常識と良識ある大人として接するつもりだが、心の中でこっそり観賞用のオアシス

かけないはずだ。

　本気で熱を上げるわけじゃないし、なんの出会いもない枯《か》れた日常にたまたま飛び込んできてくれた仮想アイドルに、仮初《かりそめ》のときめきや心の潤《うるお》いを補給させてもらうくらい誰にも迷惑はかけないはずだ。

　生成は必要以上にうきうきした口調にならないように気をつけながら、

「じゃあ、乾杯しようか。畔上くんは二十歳になったばかりだし、アリーは戒律《かいりつ》でお酒飲めないし、ミカも自主的にしばらく禁酒するそうだから、ジャドにも遠慮してもらって全員ウーロン茶だけど気持ちだけ」

　とグラスを掲《かか》げ、「カンパーイ」と互いにカチンとグラスを鳴らしあう。

　ジャドが自分の取り皿を持ってテーブルに並ぶ大皿を眺め、

「さあ、おなかがすいたからムリムリ食べようっと。……ん？　また違ったかな。まいっか。日本に来たばかりの頃は、こういう風に全部料理が同時に置かれると、どれが前菜かわからなくて困ったんですけど、いまはいっぱい並んでるの大好きです」

　と笑うと、広野がきょとんとして「フランスではこうじゃないんですか？」と問う。

　ジャドは頷いて、

「朝はパンとカフェオレだけとかで、昼と夜はひと皿ずつ順番に食べる家が多いと思います」

「へえ、レストランじゃなくてもちゃんとコースで食べるなんて、さすがおフランス」

感心する広野にアリーとミカが、

「エジプトもフィンランドもテーブルいっぱい並べるよ」

「そうです、日本と一緒です」

と美食の国に対抗する。

生成は苦笑して、

「別に張り合わなくていいから。畔上くん、遠慮なく好きなの自分で取って食べて。うちは普段は和食が多いんだけど、今日はみんなのお国料理にしたんだ。これがフィンランドのカルヤラン・ピーラッカっていうお粥《かゆ》のパイ包み焼きで、こっちはラーティッコっていうマカロニと牛ひき肉のオーブン焼き、これはエジプトのターメイヤっていうソラマメをすりつぶしたコロッケとマハシー・コロンブっていうお米の入ったトマト風味の肉なしロールキャベツで、こっちはフランスのキッシュ・ロレーヌとニース風サラダ」

と手で料理を示しながら説明する。

「すごい、全部めちゃくちゃ美味《うま》そう。食べたことないの多いし」

素直に声を上ずらせる相手を内心微笑《ほほえ》ましく思っていると、ジャドが自分の取り皿にサラダを取りわけながら言った。

「生成さん、今日はいつにも増して気合入ってますね、品数も量も」

他意ない口調で指摘され、「え」と生成は内心慌てる。

「……いや、別に、そんなことは……ていうか、俺はいつも気合入れて作ってるし、今日は畔上くんの食欲がどれくらいかわからなかったから、一応多めに作っただけだよ？　みんなだって懐かしい味で嬉しいだろ？」

こんな初っ端《しょぱな》から特別な好意で依怙贔屓《えこひいき》してるとか、胃袋から落とそうとしていると誤解されて警戒されたら困る、そんなつもり全然ないし、と内心焦《あせ》りながら言い訳し、

「そうだ、畔上くんは来年カナダに語学留学するんだって。よかったら、みんなも時間があるときは畔上くんに英語で話しかけてあげてくれないかな」

と話題を逸《そ》らす。

カルヤラン・ピーラッカを食べていたミカが頷いて、早速《さっそく》英語で広野に話しかけた。

「広野くん、いま英語でなんて言ったかわかりましたか？」

「……えっと、すいません、早くて聞き取れませんでした……。なんか途中に『なんでやねん』っぽい響きがあったのはわかったんですけど」

恐縮顔で口ごもる広野にミカが真顔で答えた。

「正解は『フィンランドの小学校時代の同級生に「ヤンネ・パーヤネン」「エサ・ケッコネン」「ヘイッキ・アホネン」という名前の友達がいます』と言いました」

「ほんとですか？　日本語的に面白い！」と明るく噴き出す笑顔も爽《さわ》やかで、なんだか会いに行けるアイドルがすぐそばに来てくれたみたいな気がする、と生成は内心ほんわかする。

キッシュを食べながら、今度はジャドが広野に英語で話しかけた。

「……んーと、いまのは、なんかクラブ活動がどうとかって聞こえた気が……」

「そうそう。『あなたはなにか部活をやっていましたか？』って聞きました」

「あ、なんとなくもやっと聞き取れた気がする。ちなみに中高ともサッカー部に入ってました」

へえ、そうなんだ、ユニフォームが似合いそうだし、きっと爽やかに青春してたんだろうな、と微笑ましく想像していると、今度はアリーが英語で広野に質問した。

「広野くん、いまなんて言ったと思う？」

「……えっと、もしかして、恋人はいるか、みたいなこと聞きました……？」

「当たり！　君、かっこいいからモテるだろ？」

まあ、きっとそうだろうな、でも会いに行けるアイドルに彼女がいるとか別に知らなくてもいいんだけどな、と心の中で呟きつつ、生成は自分の取り皿にラーティッコを掬《すく》いながら聞き耳を立てる。

「いや、全然そんなことないです。俺、ちょっと東京の女の子と話すのは緊張するっていうか、合コンとかも苦手だし、友達とつるんでるほうが気楽だから、つきあってる人もいないです」

ちょっと恥ずかしそうに答える声を聞き、生成は一瞬ぴくりと動きを止める。

……いやいや、別に関係ないから。心のアイドルがフリーだとわかったところで、ただそれだけの話で、なんの関わりもないのになんとなく嬉しく思ったりする筋合いないし。

女の子と話すのが苦手だからって、こっち側の素地《そじ》があるとは限らないし、まだ若いから場慣れしてないだけで、都会の女子には気後《きおく》れしても地元の子なら大丈夫なのかもしれない。

いまもジャドとは普通にしゃべっているし、そのうちすぐ彼女を作って連れてきたり、バースデープレゼントになにをあげたらいいかとか相談されたりするんだろうし、と軽くやさぐれながらラーティッコを山盛りによそっていると、

「じゃあ、広野くんはどっちかというと、好きな人に自分からぐいぐいいくほうじゃなくて、できれば相手から積極的に告白されたいタイプですか？　フィンランド男子もその傾向《けいこう》があるんですが」

とミカが共感をこめて訊ねる。

彼はしばし考えるように視線を彷徨《さまよ》わせ、生成と一瞬目が合うと、はっと慌てたように逸らした。

「……えっと、まだ本気で好きになった人とかいないんで、よくわかんないですけど、もし好きな人ができたら、できれば自分から言いたい気はあるんですけど、自分とはとても釣り合わない高嶺《たかね》の花みたいな人とか、無理に決まってるだろっていう人を好きになっちゃったら、きっと言い出す勇気は出ないかもしれません」

すかさずジャドとアリーが「ヘタレだ！」「草食系！」と突っ込む。

かっこいいのに初恋もしたことない奥手だって別にいいじゃないか、ヘタレだけど、変な相

手とほいほいくっつかないだろうから、当分そのまま慎重に歩めばいいと思う、と心の中で庇《かば》いながら、「まあまあ」と生成はふたりを窘《たしな》める。

「いまどきの日本の若い人たちにとっては、恋愛は嗜好品《しこうひん》であって必需品じゃないから、大学生でもガツガツしてない子もいるんだよ。それにみんなだって人のこと言えないだろ。この中で恋人いる人、ひとりもいないし」

そう言うと、広野が「えっ!?」と驚いたように目を瞠《みは》る。

「……そうなんですか？　だって、みなさん、めちゃくちゃ顔面偏差値高いのに……」

それに頭もいいし、面白いし、モテないわけないいんじゃや……、と続ける広野にジャドがきっぱり即答する。

「顔と頭が良くてもモテるとは限りません。だってオタクだし」

「だって人見知りだし」とミカが言い、

「だって結婚を前提としてない交際は戒律《かいりつ》で推奨《すいしょう》されてないし」とアリーが言う。

じゃああなたは？　という視線を向けられ、

「だって出会いがないし。……って俺のことはどうでもいいんだけど」

つい流れで答えてしまい、生成は焦って片手を振る。

物欲しげな淋しい奴と思われたら困る、別に物欲しげじゃないし、と内心動揺しながら平静を装《よそお》い、

「とにかく、この中では一番恋愛面でチャンスが多いのは畔上くんだろうけど、プライベートなことだから、みんな興味あってもやいやいうるさく聞いたりしちゃダメだよ?」

そう釘《くぎ》を刺すと、外国人チームはつまらなそうに肩を竦《すく》めて「はぁい」と答える。

多めに作った料理が五人の胃にすべて収まり、食後の後片付けを全員で協力して済ませると、ソファに移動してコーヒータイムにする。

ジャドが女王然とソファにかけて広野を隣に手招き、すこし間隔をあけて座った広野のぴったり横にアリーが密着して座る。

肩と腿《もも》が触れ合う近さにたじろぎつつも遠慮して口に出せない様子を見て、生成はコーヒーをテーブルに置きながらフォローする。

「畔上くん、アリーはエジプト男子だから人との距離が日本人の感覚より近いんだ。日本人だったら、すいた電車に誰か座ってたら、なるべくその人とは離れたところに座るけど、エジプト人はわざわざ隣に座るんだって。フレンドリーなだけだから、おいおい慣れてくれるかな」

「あ、はい。冬とかだったらあったかくていいですよね、くっつくのも」

いまは春ですけど、という彼の言外のアピールはアリーに通じず、にこにこ頷いてさらに肩に腕を回して密着度を強める。

そんなに歓迎の意を表すと逆に引かれるから、と気を揉《も》みつつ、そのうち挨拶の頬へのキスが始まったらきっともっと驚くだろうし、アリーに話して畔上くんにはしないでもらったほうがいいかな、でも文化の違いなのに俺にそんなこと言う権利ないかな、と思案しながらコーヒーを口に含む。

アリーと対照的にパーソナルスペースが広いミカは向かいのソファの端に座る。

ただ視線は興味深げに広野を見ており、それに気づいた彼がにこっとミカに笑いかけた。

「ミカさん、実は俺、『ミカたんブログ』見たことあって、そのときのイメージと普段のミカさんが全然違うから、最初会ったとき、似てるけど違う人なのかなって思っちゃいました」

「……っ！」

突然女装ネタを振られたミカが無表情に顔を引き攣《ひつ》らせる。

彼がそれに気づかない様子で、

「俺の友達がミカさんのファンで、この下宿のことも教えてくれたんです。ほんとは今日も引っ越しの手伝いにかこつけてミカさんに会いたがってたんですけど、サークルの合宿で来られなくて残念がってました」

とにこやかに言うのを聞き、生成はコーヒーを飲みながら、（ん？）と引っ掛かりを覚える。

その友達は女装男子としてのミカに興味があって会いたいんだろうか。

でもいまの言い方だと、ミカを本物の女子と思って会いたがっているように聞こえるし、畔上くんもそう思っているような言い方をしている気がする。

女装の画像しか見ていなければ誤解しても仕方ないけど、畔上くんは面と向かって声も聞いているから、さすがに気づいてないはずはないと思うんだけど、と生成は内心首を傾《かし》げる。

「……あ、あれをご存じなんですか……。その、あれは黒歴史というか、いい加減もうやめなくてはと思っていて……」

しどろもどろに言い訳するミカに、「え」と広野が不思議そうな声を出す。

「コスプレやめちゃうんですか？　俺の友達、中村《なかむら》っていうんですけど、ミカさんのこと超可愛いって絶賛してて、『いいね！』しまくってるし、やめちゃったら残念がるんじゃないかな。俺はアニメとかゲームとかあんまりやらないんで、そういう普通の恰好《かっこう》のミカさんのほうが話しやすいですけど、ああいう派手なのも似合うなって思いましたよ。……あの、ミカさん、ちょっとお願いがあるんですけど、もし嫌じゃなかったら、今度中村を連れて来るので、ちょっとだけ話とかしてやってくれませんか？」

「……え？」

数瞬、場に沈黙が落ちる。

やっぱり畔上くんはまだミカを本物の女子と誤解したままなんだ、と生成は確信する。

今のミカの服装は、引っ越しの手伝い用にグレーのジャージの上下で、広野が渡した引っ越しの挨拶のタオルを早速汗拭き用に首にかけて襟元《えりもと》から中に突っ込んだ、女子誤認要素は限りなく薄いスタイルである。

ただ髪はいつもポニーテールだと生え際が傷《いた》むので左右の耳元でツインテールにしており、

平らな胸や喉元もタオルで誤魔化《ごまか》されて、どんくさい恰好の北欧女子に見えないこともない。たぶん友達の中村くんから北欧女子だと言われてブログの画像を見せられて、プロフィールにも女子と書いてあるから、彼はそのまま疑わずに信じているに違いない。

初対面の自己紹介の時に「ミカ・ライティネンです。男です」とわざわざ念は押さなかっただろうし、見た目は充分女子に見えるし、声も小さいし、外国人アクセントのほうが耳に残って、そういう声の女子なんだとすんなり思っているのかも。

生成が急いで広野に事実を告げようとすると、先にアリーが面白がる表情で言った。

「広野くん、このメンバーの中に女性がひとりいます。指を差してくれますか？」

「……え？　あ、はい」

なんでそんなことを聞くんだ？　という表情をしつつ、広野は素直に右手の人差し指を伸ばし、ミカに向けた。

途端にジャドが「は⁉　広野くん、なんで⁉」と声を裏返して叫ぶ。

え、なんでって……と口ごもる広野に、

「私が紅一点《こういってん》の女子に決まってるでしょう⁉　いくら宝塚男役風のビジュアルを意識してたって、男じゃないって見ればわかるでしょうが！」

とジャドがわめく。

「……へ？　女子……？　でも、名前が『ジャド』って……」

鳩豆顔《はとまめ》の広野に生成は急いでフォローする。

「畔上くん、日本人にはわかりにくいかもしれないけど、『ジャド』ってフランスでは女性の名前なんだ。ジャドは見た目もかっこいいし、声もアルトだから、間違える気持ちもわかるんだけど、正真正銘ジャドが女子で、ミカが男子だから」

数秒の間のあと、広野は「え、ええっ⁉」と目を剝《む》く。

「ミカさんが男子⁉　って、マジですか……⁉　だってミカさん、コスプレしてなくても普通に可愛いし、それにヒゲの青い剃《そ》り跡とかもないし、小顔だし、名前も『ミカ』だし……」

驚愕に口をはくはくさせる広野にミカが言った。

「『ミカ』も『ヨウコ』も『アキ』もフィンランドでは男子の名前なんです。恥を晒《さら》すようですが、実は酔うと女装したくなる癖があり、『ミカたんブログ』は泥酔《でいすい》中にやらかした愚行録《ぐこうろく》で……、堂々と『女装男子』と書く勇気もなく、性別を偽《いつわ》っていました」

「そ、そうだったんですか……」

ミカは神妙に頷いて頭を下げる。

「大変恐縮なんですが、お友達の中村くんに僕の正しい性別と、いままで『いいね！』をありがとう、誤解させてすみません、とお伝えいただけないでしょうか。きっと中村くんは僕が男子とわかれば会いたがらないだろうし、僕も女装は好きでも女性として生きたいわけではないので、友人以上の関係を期待されても進展はありませんので」

「……わ、わかりました」

広野があんぐりしたまま頷いたとき、ジャドの携帯が鳴った。

「あ、省三《しょうぞう》さんだ。もしもし？　いまどこですか？　アイルランド？　……あれ、よく聞こえないな。省三さん、ちょっと待ってください、電波のいい場所に移動します」

ジャドは立ち上がり、上を指差してベランダに行くと目顔で告げて階段を上がっていく。

それを見ていたミカがハッとした顔になり、

「ベランダに布団を干しっぱなしだったのを忘れてました。取りこんできます」

と急いで二階に駆けあがる。

洗濯物は自己管理で、一階の住人は庭に、二階の住人にはベランダに干してもらっている。

いつもは生成も二階の取り込み忘れには気をつけて声をかけるようにしているが、今日は引っ越しで気が回らず、もし布団が湿っぽくなってたら布団乾燥機持ってってあげなきゃ、と管理人として思っていると、今度はアリーにエジプトの家族から電話がかかってきた。

アリーがアラビア語で話しながらこちらに軽く会釈《えしゃく》して自室に向かう。

エジプトではメールより直接話すことを好むらしく、アリーにはよく家から電話がある。

大抵親兄弟みんなと話すので、たぶん長くなるかも、と思いながら顔を戻すと、広野と目が合った。

いつのまにか心のアイドルとふたりきりで向かい合っている状況になっており、ハッと内心固まる。

三人がいなくなった居間は急にしんと静まり返り、カッチコッチという壁の時計の振子の音がやけに大きく耳に響く。

外国人チームがいたときには感じなかった緊張感をにわかに覚え、なにか話さなくては、と生成は平静を装って口を開く。

「……あの、畔上くん、ミカとジャドの性別のこと、誤解してるって知らなくて、びっくりさせてごめんね。知り合ったばかりの人から見たら、ふたりとも紛《まぎ》らわしいビジュアルだから、勘違いしてもおかしくないんだけど、俺はもう見慣れちゃってるから、伝えるの忘れちゃって」

ふと、もしミカを本物の女子と思っていたことも下宿を決めた理由のひとつで、畔上くんも実は北欧女子との恋を期待して越してきたとしたら、男とわかって当てが外れたから早々に退居したくなってたらどうしよう、と内心狼狽《ろうばい》していると、彼は慌てたように首を振った。

「や、びっくりしましたけど、俺が勝手に間違えてただけなんで。ふたりとも言葉遣いが丁寧で、性差がはっきりわかる話し方じゃなかったから、つい名前とか見かけで思い込んじゃって、俺こそとぼけた勘違いしてすみません。……たぶん中村はショックかもしれないけど、俺は大丈夫です。女装とか男装とか、どんな恰好するのが好きでも、その人の自由だと思うし」

彼の表情からはもう困惑や驚愕は消えており、騙《だま》されたという怒りや不満も浮かんでいないように見えた。

心のアイドルは順応《じゅんのう》が早くて心が広くていい子だな、とホッとしながら、

「ミカの女装癖はお酒飲んだときだけだし、ジャドもオタクで議論好きで、アリーはスキンシップがセクハラレベルなんだけど、みんな基本的にはいい人たちだから、怯《おび》えずに打ち解けてくれると嬉しいです」

と大家としての親心で伝えると、彼はオアシススマイルで頷いた。

「全然大丈夫です。むしろ俺には女装癖もオタクな趣味もなくて、みんなよりキャラが薄いから、つまんない日本人と思われて、仲間に入れてもらえなかったら淋しいなって思ってるくらいで」

そんなことないよ、なに言ってるの、全然つまんなくないよ、その純朴さがオアシスなんじゃないか、と勢い込んで言いたかったが、引かれると困るので喉元で止める。

「みんなほっといても寄ってきてうるさいくらいだと思うよ。休みもいろいろ誘ってくるだろうし、部屋にも遊びに来ると思うけど、もし勉強とかで入ってきてほしくないときは、ドアにプレートかけとけば大丈夫だから。あと、うちはアリーがいるから、豚肉やハムとかは使わないようにしてるんだけど、もし豚汁とか豚の角煮とか生姜《しょうが》焼きとかを食べたいときは日曜日の自炊か、学食で食べるようにしてくれる？」

「わかりました。……でも教義上食べちゃいけない物があるって、ちょっと切ないですね。生まれたときからムスリムで、一度も口にしたことがなければ平気かもしれないけど、大人に

なってから入信した人が、めちゃくちゃ豚骨《とんこつ》ラーメンとか豚カツとかチャーシューメンが好物だったら、辛《つら》いでしょうね」

食いしん坊発言に可愛げを覚え、くすっと笑いながらコーヒーを口に含むと、彼は数秒黙ってこちらを見てから、目を伏せてぎこちなくカップを口に運んだ。

おなかいっぱいなら無理に飲まなくていいよ、と言いかけ、二十歳を過ぎてる男子にあれこれ構いすぎるとウザいと思われるかも、と自粛する。

ふたりでコーヒーを飲む間、またしばし会話が途切れる。

沈黙が苦にならないはずの日本人同士なのに、黙っていると内心の狼狽が悟《さと》られそうで、生成は間《ま》を埋めようと口を開く。

「えっと、みんな遅いね。電話のふたりはともかく、ミカはなにやってるんだろ」

「そういえば、布団取り込むだけにしては遅いですね」

早く戻ってきて、このドキドキと気まずい緊張感を緩和《かんわ》してほしい、と思う反面、まだ心のアイドルとふたりだけでそわそわしていたいような気もする。

ちらっと相手を窺い、カップを持つ長い指や、若く張りのある肩や、わざわざ手入れなどしてなさそうなのにきりっと描いたように真っ直ぐな眉や、閉じていても微笑んでいるように見える唇の形など、さりげなく盗み見て（やっぱり細部までイケメンだな）と胸をときめかせる。

ちゃんと頭の中では「ただの大家と店子」に過ぎず、勝手に相手をアイドル視しているだけで、どうにかなるわけではないことも、いずれ偶像が壊れるような現実を目の当《ま》たりにしてファンを辞める日が来ることもわかっている。

ただ、まだ偶像は壊れていないし、それまでは夢を見させてもらって仮初のときめきを享受《きょうじゅ》させてもらいたい、と思いながら、生成は咳払《せきばら》いをして大家らしい話題を口にした。

「畔上くん、いつも夕食後はみんなでコーヒー飲みながらおしゃべりするんだけど、強制じゃないから、試験とかで忙しいときはつきあわなくていいからね。あと、あそこの柱に掛かってるホワイトボードに、食事がいらないときは×のところへ名前のマグネットを移しといてくれる？　一週間の表になってるから、飲み会とか出かける予定がわかってるときは早めにつけてもらって、もし急に外で食べることになったら、その時点で連絡してくれるかな」

「わかりました。……あの、じゃあ、携帯の連絡先を教えてもらってもいいですか？」

「うん、じゃあ君のも」

ただの大家と店子の連絡用だから、と心の中で念を押しつつ、なんとなく役得気分で連絡先を交換すると、名前の表示を見て彼が呟いた。

「『硴野《かきの》』さんて、珍しい字ですよね。『畔上』もちょっと珍しいかもしれないけど。最初耳で聞いただけのときは、木偏《きへん》に市の『柿野』さんかなって思いました」

「それよく言われるよ。電話で伝えるときとか、『かきの』って言うとまず『柿』を思い浮かべる人が多いから、毎回石扁に花って書きますって言う感じ。でも祖父はこの苗字が気に入ってて、下宿の名前もこの字からつけたんだって」

なるほど、と納得したように頷いて、彼はすこし考えるような間をあけてから言った。

「……あの、俺、大家さんのこと、なんて呼んだらいいですかね。ほかのみんなは『生成さん』って呼んでるけど、俺はまだ来たばっかりだし、年下だし、いきなり下の名前で呼ばせてもらうのは馴《な》れ馴れしいかなって」

「……え。んー、どうかな」

別に名前で呼んでくれても全然構わないよ、と言おうとして、でも心のアイドルに毎日『生成さん』と名前で呼ばれたら、返事をする時ついにやにやしてしまうかもしれない、と危ぶむ。でも『砺野さん』だとちょっとよそよそしい気がするし、店子たちにも「なんで苗字呼びを？　日本人同士は年齢や立場の序列が厳しいからですか？」とか聞かれそうだし……、などとしばし考え、生成は言った。

「……じゃあ、やっぱり『大家さん』か『管理人さん』って声かけてもらおうかな」

そのほうがきっと平常心で返事ができるし、呼ばれるたびに「ただの大家と店子」という認識を新たにできるし、心のアイドルにうつつを抜かしすぎてはいけないと自制できるかも、と思いながら告げると、彼は一瞬なにか言いかけてから、「……わかりました」と頷いた。

またしばし会話が途切れ、コーヒーを飲み終わってしまったので飲むふりもできず、なにか話題はないかと頭を巡らせる。

下宿のルールは大体話したたし、食べ物の好き嫌いは仮契約のときに聞いて特にないと言われてるし、もし好物はなにかを聞いて、たまたま材料があってそれを作ったら「この人は俺に気があるんだろうか」と深読みされて引かれても困るし……、などとぐるぐる考えていると、彼が窓のほうに視線を向けながら言った。

「……庭の桜、散っちゃったんですね」

相手が唐突に変えてくれた話題に乗っかって生成は頷く。

「あ、うん。畔上くんが最初に来た日が満開で、あのあと何日か雨が続いちゃったから、今年はあんまり保《も》たなかった」

「そうなんですか。じゃあ、ちょうどいい時に見れたんですね。すごく綺麗だったな、あの時」

そこで言葉を切り、残像を思い浮かべるような間をあけてから、彼は早口に言った。

「えっと、散る前にみんなでお花見とかしたんですか?」

「うん。アリーは桜が大好きで、桜前線を追って旅しちゃうくらいだし、下宿先をここに決めたのも桜の木があるからっていうのも『大きい』んだって。だから、六分咲《ぶ》きくらいのときから何度もみんなでお花見したよ」

「へえ、いいなぁ。来年は是非俺も参加させてください」

「え……。あ、うん、もちろん」

心のアイドルが来年の桜の季節までうちにいてくれるって言ってる、と思わずテンションを上げかけ、いや、最初から来年の八月までいるって言われてるし、といちいちときめきすぎな己を諌《いさ》める。

まだ相手のひととなりもよく知らないのに、ちょっとかっこよくて、ちょっと性格良さそうな若い男子学生が下宿したからって、こんなに過剰に浮かれてしまうなんて、老いの始まりなのかもしれない。歳を取ると涙もろくなるみたいに、ときめきやすくなるのかも。

なにか手仕事をして気を散らそうと、ミカたちが飲みっぱなしで置いていったコーヒーカップをトレイに集めていると、

「あれ、片付けちゃうんですか？　みんなまた戻ってくるんじゃ……」

「うん、でももうちょっとしか残ってないし、冷めちゃったから、また飲むなら新しく淹《い》れようと思って」

すこし台所に籠《こも》って気を静めようと思いながら言うと、

「じゃあ、俺が持っていって洗いますよ、これ」

と彼が自分の飲み終わったカップをのせてトレイを持とうとした。

そのとき、一瞬相手の手が自分の手の上から軽く重なり、ドキッと鼓動が跳ねる。

……いやいやいや、こんなコンマ一秒にも満たないくらいチョンと触れたくらいで、こんな反応をするのは変だから。

別に彼に恋してるわけじゃないし、ただ心のアイドルにミーハーしてるだけなのに、うっか

りキュンとしてしまうのは、もしかしたらこないだジャドにお勧めの少女マンガを借りて読んだのがいけなかったのかもしれない。

長らく実生活が枯渇《こかつ》しすぎて、ときめきの感度がザルになってるとはいえ、思春期の少女じゃなく二十七歳の成人男子なんだから、早く平常心を取り戻さなくては、と生成は努《つと》めて表情を消して立ち上がる。

「いいよ、俺がやるから。今日は畔上くんも引っ越しで疲れただろうから、もう部屋に帰って休んだら？　みんなには俺が伝えておくし。……あ、お風呂、沸かそうか」

トレイを持って台所に移動しながら振り返ると、こちらを見ていた彼が言った。

「共同のお風呂って、沸かす曜日とか決まってるんですか？」

「ううん。ジャドたちは他人と同じお湯に浸《つ》かることにちょっと抵抗があるらしくて、すごく寒い日以外は部屋のシャワーだけでいいっていうから、お風呂は硴野家専用みたいな感じなんだ。祖父がいるときは毎日沸かしてたんだけど、いまは俺だけだから、もったいないから俺もシャワーだけのこともあって。でも畔上くんが入りたいときは遠慮しないで言ってね。十五分で沸くし、一番風呂で入ってもらうから」

これが本物のアイドルだったら、相手が入った後のお湯を瓶詰《びんづめ》にする熱狂的なファンもいるかもしれないけど、ただの心のアイドルのファンだから、そんな気持ち悪いことはしないから安心していいし、と心の中で言い添えると、彼は首を振った。

「いや、じゃあ俺も部屋のシャワーで結構です。……でも、きな、じゃない、管理人さんが入りたい日に沸かしたときには、ついでに俺も入らせてもらってもいいですか?」

「……うん、じゃあ、そうするね」

平静を装って答えながら、いま、『生成さん』って言いかけて言い直したのでは、とときめきゲージが揺れ動く。

やっぱりさっき呼び方を聞かれたとき、名前呼びしていいと言えばよかった。

でも、『きな』と半分呼ばれただけでこんなに動揺するんだから、彼に『生成さん』と呼ばれたら、毎回ときめきゲージが振り切れて大変だし、やっぱり『管理人さん』のほうが無難かも。

それに、いまはなんでもかんでもときめきスイッチが入ってしまうおかしい状態だから、勝手に名前を呼ばれたと浮かれてしまったが、もしかして名前じゃなくて『きなこ』と言いかけてやめた可能性もあるし、単純に舞い上がっていると馬鹿を見ることになるかも、と自《みず》らを戒《いまし》めながら台所に向かうと、背中に彼の声が届いた。

「あの、管理人さん、今日はたくさん御馳走《ごちそう》を作ってくださって、ありがとうございました。あと、みんなに英語で話しかけてくれるように言ってくれたり、お心遣いも嬉しかったです。ほんとにアットホームな下宿なんだなって、ここに下宿できてよかったって思いました。なにか力仕事とか、俺に手伝えることがあればなんでもやりますので、遠慮なく言いつけてくださいね。……じゃあ、お先に失礼します。おやすみなさい」

ぺこりと長身の頭を下げ、彼は自室のほうへ歩いて行く。

「……おやすみ……」

口の中で呟き、彼が部屋に入っていくのを見届けてから、生成はシンクにカップを運ぶ。

……なんだよ、もう、会いに行けるアイドルが、まだ全然ボロを見せずに可愛げ全開なんですけど……！　と洗い物をしながら心の中で叫ぶ。

このままでは、ときめきスイッチが頻繁《ひんぱん》に作動しすぎて心臓に悪いから、いつかボロを見せるなら、いっそ早く幻滅《げんめつ》させてほしいと思う。

好感度を上げるだけ上げてから、もし「実は避妊に失敗してできちゃったので結婚します。お世話になりました」とか言われて痛い現実に突き落とされたら辛い。

うっかり己の想像で軽いダメージを受けながら、洗ったカップを布巾《ふきん》で拭《ふ》く。

外国人チームがまだ誰も戻ってこないので、ミカに布団乾燥機を持って行こうと納戸《なんど》に向かったとき、暗がりの階段の途中にしゃがんでこちらを見ていたミカと目が合った。

ぎょっと息を飲み、

「ちょ、ミカ、なにやってんの、そんなところで。驚くだろ」

とさっきとは違う意味で心臓をバクバクさせながら問い質《ただ》す。

ミカは素面《しらふ》ならあまりふざけた悪戯《いたずら》はしない生真面目なタイプなので、

「……もしかして気分でも悪くて座り込んでたの？　大丈夫？」

と訊ねると、「いえ、気分は上々です」とミカは口角《こうかく》を上げ、唐突に言った。

「生成さん、出会いがあれば、恋がしたいですか？」

「……え？　なに、急に……」

元々ミカは単刀直入な物言いをしがちなのだが、脈絡のなさにぽかんとする。

「したいか、したくないかの二択で答えてください」と畳《たた》みかけられ、

「……そりゃ、できるものならしたいけど……でも誰か紹介してくれる気なら、わざわざ気を遣ってくれなくていいからね」

と日本的婉曲《えんきょく》表現で『紹介不要』と伝える。

店子たちには自分の性癖をカミングアウトしておらず、女性を紹介されても困るので、先回り遠慮しておく。

ミカは「了解です。紹介じゃないので」と頷いて立ち上がった。

「生成さん、おやすみなさい。恋ができるといいですね」

それだけ言って階段を上がっていくミカを見上げ、なんだ、ただ意味もなく聞いただけなのか、と苦笑して、生成も「おやすみ」と下から声をかける。

実はミカはさっきから居間で話す生成と広野の様子を観察してひそかにあることを企《たく》んでいたのだが、生成はまるで気づいていなかった。

＊＊＊＊＊

翌朝。

七時すこし前に広野《こうや》が身支度をしてドアを開けた途端、ふわっと廊下まで漂《ただよ》ってきた出汁《だし》のきいた味噌汁や焼き魚や玉子焼きの美味《おい》しそうな匂いに鼻腔《びこう》をくすぐられた。

ぐぅ、と即反応する腹の虫を手で押さえながら食堂へ行くと、生成《きなり》さんがテーブルにおかずを並べているところだった。

水色のシャツの袖《そで》をすこしまくり、ベージュのエプロンをした相手の姿は、レトロなランプシェードのかかったペンダントライトや古いアップライトピアノなどが置かれた食堂の雰囲気にしっくり似合い、朝から胸がほんわかする。

ほんわかしたのち、鼓動がトクトク速度を増しはじめ、広野は（まただ）と胸に手を当てて眉を寄せる。

彼を前にすると、自分の胸は意図せぬ反応をしがちになる。

昨夜《ゆうべ》、ミカに「もし好きな人ができたらどう振る舞うか」と訊かれたとき、たまたま生成さんと目が合っただけでドキッと鼓動が跳ねて、思わず全然関係ないのに相手に恋してしまった場合の架空設定で答えてしまった。

相手は同性だし、恋愛的な意味で好意を持つなんておかしいし、向こうだって俺なんか相手にするわけないとわかっているが、彼に恋人がいないと聞いて、なぜかすこしホッとするような気もしてしまった。

相手の呼び方を訊ねたときも、「大家さんか管理人さんで」という返答を聞いた途端、自分でも名前呼びさせてもらえるほど親しくなっていないと思っていたのに、何故かひどくがっかりした。

つい「やっぱり名前呼びさせてもらえませんか?」と言いたくなったが、呼んでもよければ最初から相手も許可してくれただろうし、ダメと言われるだけかも、と思いとどまり、心の中だけで『生成さん』と呼ぶつもりでいたら、うっかりすこし呼びかけてしまい、焦《あせ》って誤魔化《ごまか》した。

そのあともマグカップを満載したトレイを片付けようとした手が一瞬触れただけで、軽く感電したような気がしたほどドキッとしてしまった。

物理的にバチッと電気が走った気がしたくらいなのに、相手は何事もなかったように平然としており、自分も急いで平静を装《よそお》ったが、胸の鼓動はしばらくうるさいままだった。

俺、どうしちゃったのかな、いままでこんな風になったことないのに、と思いながら、

「おはようございます」

と近づいて挨拶すると、彼が振り返って微笑を浮かべた。

「……おはよう、畔上《あぜがみ》くん。よく眠れた？」

優しく問いかけられ、また胸がざわざわむずむずおかしくなる。

広野は急いで頷き、あれこれしゃべって気を散らす。

「はい、ぐっすり朝まで……あ、正確に言えば、明け方に隣でアリーさんが起き出す気配がしたので、『もう朝かな』って一旦目が覚めたんですけど、まだ外が暗かったから二度寝しちゃいました。アリーさんはもう出勤されたんですか？」

彼は首を振って、

「ううん。アリーのそれ、朝のお祈りなんだ。ごめんね、先に言っとけばよかったね。アリーは一日五回、時間になるとメッカに向かって礼拝するんだ。夜明け前と昼すぎと午後と日没後と夜に、毎回十分くらいかな、手足や顔を清めてからコーランの言葉を唱《とな》えるんだけど、決まった動作があって、立ったり跪《ひざます》いたり何度もするから、音とか漏れるかも。今朝、うるさかった？」

気遣わしげに問われ、広野は急いで首を振る。

「いえ、全然うるさくはなかったです。起きてるなってわかるくらいで。前のアパートはもっと壁が薄かったから物音とか丸聞こえだったんですけど、ここはそんなことないし、もうなんの音かわかったので全然平気ですから」

そのとき、後ろから「おはよう、生成さん、広野くん」と当のアリーがやってきた。

おはようございます、と振り返って会釈《えしゃく》した途端、がしっと上腕《じょうわん》を摑まれてぶちゅっと頰にキスされる。

ひぇっ！　と驚いて引《ひ》き攣《つ》っていると、アリーに「いい朝だね」と機嫌よく笑いかけられる。

硬直したままかすかに頷くと腕を放され、アリーは今度は生成さんの頰に唇を尖《とが》らせて押しつけた。

「……っ！」

なぜか自分にされたときよりその光景に強い衝撃を受け、広野は目を剝《む》く。

……ちょっと待て。いいのか、これは。いけないいんじゃないのか、日本では。

自分もされたから、恋人同士の愛情表現の行為ではなく、エジプト式挨拶なんだろうというのはわかる。

わかるけれども、日本だったら恋人じゃなきゃしないような、もしくは親戚の集まりで酔っぱらったおじさんが親戚の子の頰に無理矢理するようなぶちゅっと感のあるキスを、アリーは日本に来てから毎日生成さんにしてきたのか……？　と納得いかない気分になっていると、二

階からミカとジャドが降りてくる。

「おはよう、広野くん」

ジャドとミカに軽くハグされ、そうだよ、いくらフレンドリーな外国人の習慣といっても、挨拶ならこのくらいが妥当《だとう》なんじゃないのか、とアリーの親密すぎる挨拶に疑問を感じていると、目の前でジャドが生成さんの頬に頬を寄せて「チュッチュッ」とビズする光景を目撃する。

……またジャドさんまで恋人でもないのに親密な挨拶を……、と何故かぎりっと歯ぎしりしたい気持ちになっていると、「畔上くん」と呼ばれてハッと我に返る。

「今日から君の席はここにするからね」

生成さんに青い桜の模様のご飯茶碗やおかずが置かれた席を手で示された。

昨夜のお誕生日席ではなく、六人掛けのテーブルのアリーとミカの横並びの端の席で、向かいにジャド、その隣が彼の席で、ひとつ空いている席は省三《しょうぞう》氏の席らしく、庭に咲いていた鈴《すず》蘭《らん》が一輪挿《いちりんざ》しに活《い》けてある。

「ご飯のおかわりはセルフサービスっていうルールだから、おかわりしたかったら、台所のジャーから自分でよそってくれる？　じゃあ、みんな食べようか」

いただきます、と全員で唱和《しょうわ》して、旅館で出てきそうな品数の多い朝食をありがたく口に運ぶ。

ご飯の固さもまさに好み、と思いながら噛みしめていると、隣からミカが「広野くん」と呼びかけてきた。

「僕はヘルシンキ大の日本語学科で万葉集《まんようしゅう》を習ったときに、大伴家持《おおとものやかもち》と男の恋人が交わした相聞歌《そうもんか》が互いの想いが滲《にじ》み出ていて素敵だなと思いました。広野くんはどう感じましたか？」

いきなり学術的な話題を振られ、

「え。……すいません、万葉集にそういう歌があるって知りませんでした。なんか防人《さきもり》の歌とかは記憶にあるんですけど。その相聞歌ってどんな歌なんですか？」

他国の人より自分の国の古典に無知で恥ずかしい、と恐縮しながら訊ねると、解説をしかけたミカより先にジャドが目の色を変えて身を乗り出してくる。

「日本て素晴らしいですよね、そんな昔から男同士の愛の歌が残ってて。源氏物語でも光源氏《ひかるげんじ》と空蝉《うつせみ》の弟が妖《あや》しい関係を匂わせているし、昔はザビエルもびっくりのゲイ容認社会だったし、殿様から庶民までゲイの見本市で、日本の歴史は男色《だんしょく》の歴史と言っても過言《かごん》ではないのに、西洋の偏狭《へんきょう》な道徳が持ちこまれてもったいないことに……開国しなきゃよかったですね」

お箸《はし》を振り回してめちゃくちゃを言うジャドを生成さんが呆れ顔で窘《たしな》める。

「開国してなければジャドもいまここにいないから。ふたりとも、なんで朝からそんな話題を振るんだよ。畔上くんが引いちゃうだろ。もうちょっと朝食の席にふさわしい話をしようよ」

ごめんね、いつも話題がフリーダムで、と済まなそうに言われ、広野は急いで首を振る。

「いえ、全然引いてないです。ふたりとも日本の古典や歴史に詳しくて、俺ももっと一緒に語れるように勉強しなきゃと思いました」

やや知識が男色ネタに偏《かたよ》っている気がしたが、自分は他国の歴史をここまで細かく知らないし、と感心していると、アリーがにこやかに言った。

「万葉集じゃないけど、さだまさしにも『防人の詩《うた》』ってあるよね。さださんの曲は名曲ぞろいだけど、『下宿屋《げしゅくや》のシンデレラ』っていう曲は、僕は生成さんのテーマソングだと勝手に思ってて、生成さんが洗濯物を干しているのを見ると、『物干し台のマドンナ』っていうサビのメロディが脳内に流れるんだよ」

「……へえ」

意図せず低い声が出てしまう。

せっかくフレンドリーに話しかけてくれたんだから、無愛想な返事をしてはいけない、と思うが、なんでシンデレラとかマドンナとか、生成さんは綺麗だけど女性じゃないのにそんな喩《たと》えをするのかな、こないだもガゼルとか言ってたし、気障《きざ》なこと言いすぎじゃないか、となぜかむかっとしながらご飯をかき込む。

生成さんが焦ったように、

「ちょっとアリー、畔上くんはうちに来て間もないんだから、誤解を招くようなこと言わなくていいから。畔上くん、アリーは俺のことだけじゃなく、普段から誰のことも臆面《おくめん》もなく誉《ほ》めるタイプなんだ。あとエジプトでは詩人の地位が高くて、言葉を巧《たく》みに操る人が尊敬されるから、アリーはさだまさしの歌詞に心酔してて、よく引用したりするんだ」

とアリーの言葉について補足解説する。

「そうなんですか」と相槌《あいづち》を打ちつつ、でも誉め上手っていうのは美点のひとつだよな、とほうれん草のおひたしに箸を伸ばしながら思う。

アリーの場合、ただ口がうまいだけの心にもない言い方じゃなく、ちょっとオーバーだけど本心からの言葉みたいに聞こえるから、言われたほうは悪い気はしないだろうし、円滑《えんかつ》な人間関係のために自分も見習うべきところかもしれない。

でも、いくら生成さんのことを見惚《みと》れるほど綺麗だと思っていても、面と向かって美しいとか素敵だなんて、日本的慣習ではとても口にできないけど、と思いながら食べていると、食べ終えたミカが手を合わせて「ごちそうさまでした」と言ってから、こちらを見た。

「広野くん、今度の日曜日、なにも予定がなければ一緒にランチしませんか？　僕は広野くんともっと親睦を深めたいんです」

日本人同士ならこんな直球の理由は告げないだろう、とこそばゆく思いながら、広野は笑って頷く。

「ありがとうございます、是非。特に用はないので」

ゆうべ生成さんから「みんないろいろ誘ってくるよ」と言われたけど、本当みたいだ、と思っていると、

「ミカ、抜け駆けはズルいですよ。私だって広野くんと親睦したいです」

「僕も入れてよ」

とジャドとアリーも口々に言う。

来たばかりの転校生が珍しくてちやほやされる状態に近いかも、と思いつつ、外国人チームに構われるのはちょっとしたモテ期のようで素直に嬉しかった。

ミカは無表情にすこし考えてから口を開いた。

「じゃあ、僕たち三人が得意料理を用意して、ゲストに広野くんと生成さんを招いてランチパーティーにしましょう。晴れたら庭で食べませんか」

いままでもよくそういうことをしているのか、ジャドとアリーが笑顔で同意する。

「嬉しいけど、いいんですか？　作ってもらっちゃって」

広野が問うと、ミカはこくりと頷く。

「元々日曜日は自炊の日だし、生成さんほど上手ではありませんが、僕たちもそこそこ作れますので、ご心配なく。じゃあ、アリーのお昼のお祈りが終わってから、十二時半ごろに庭に集合ということで。ふたりは手ぶらで空腹で来てください」

そう言われて生成さんのほうを見ると、言う通りにすればいいよ、というような微笑で頷かれる。

「ありがとうございます。楽しみにしてます」

日曜日は生成さんの定休日で、普段はみんな自炊か出来合いのものを買ってくるか、友人と話題の店に行ったりして個別に食べるらしいが、次の日曜日はランチパーティーで一緒に過ごせると思うと楽しみだった。

数日後の日曜日、和《なご》やかに始まった親睦ランチパーティーは、途中から外国人チームの泥酔《でいすい》によってカオスの様相を呈《てい》することになった。

＊＊＊＊＊

「いいお天気でよかったね。桜餅《さくらもち》作ってきたから、ランチのあとで食べようね」

日曜日の昼過ぎ、作りたての桜餅を重箱《じゅうばこ》に詰めて庭に出ると、花水木《はなみずき》の白い花がよく見える場所にレジャーシートが敷かれ、手料理を並べる店子《たなこ》たちと一緒にすでに広野《こうや》も座っていた。

「わぁ、生成《きなり》さんの桜餅、嬉しい」と言うジャドとビズをし、「手ぶらでいいのに。桜餅は大歓迎だけど」というアリーから頬にキスを受け、ミカとはハグして背中をトントンと叩きあう。

「生成さん、広野くんの隣に座ってください。ふたりがゲストなので真ん中にどうぞ」

心のアイドルと隣同士、と内心そわそわしながら会釈《えしゃく》して、

「畔上《あぜがみ》くん、おはよう。……もう『こんにちは』だった」

と照れ笑いしながら隣に座ると、広野の反対隣に座ったミカが真顔で言った。

「初日から気になっていたんですが、ふたりは僕たちとは挨拶のハグやキスやビズをするんだし、ついでにお互い同士もしたらいいんじゃないでしょうか。人種に関係なく、同じ石花荘《いしはなそう》の仲間なんですから」

「えっ」

それが自然なのでは、と理路整然と指摘され、外国人の目から見たら、大家が日本人の店子にだけ素《そ》っ気《け》ないように見えるんだろうか、と生成は焦《あせ》る。

でも、もし心のアイドルとハグや頬にキスなんかしたら、ときめき過ぎて失神してしまうかもしれない、と想像だけで軽くくらっときながら生成は首を振った。

「いや、それは……人種に関係なく同じ下宿の一員って言われたらそうなんだけど、でもやっぱり日本の慣習では顔を合わせるたびにハグやキスはしないし、俺と畔上くんは言葉で充分挨拶の気持ちは通じるから……」

チラッと隣を窺うと、彼も動揺したように薄赤くなってかくかくと同意している。

これ以上この話題を続けられたら困る、と生成は目の前に並んでいる料理に目を向けて、

「わぁ、コシャリと『ヤンソンさんの誘惑』とラップロールだね！」と大きな声で言う。

石花荘には一年中庭のどこかで花が咲くように祖父母が木を選んで植えたので、桜の時期だけでなく、折々の花の見頃にみんなでお花見ランチをしている。

以前も作ってもらった店子たちの得意料理に顔を寄せ、

「いい匂いだね。人に作ってもらったものって特に美味《おい》しく感じるよね。早く食べようよ」

と取り皿やカトラリーを回す。

これはなんだろう？　という顔でコシャリを見ている広野に、アリーが取り皿に盛りながら解説する。

「コシャリはご飯とマカロニと豆にトマトソースをかけて、フライドオニオンをのせて酸《す》っぱ辛いソースをかけて、猫まんま風に全部かきまわして食べるエジプトのソウルフードなんだよ」

へえ、と頷く広野にジャドとミカも自作の料理を広野の皿にのせながら紹介する。

「このラップロールはそば粉のクレープにレタスと海老《えび》とアボカドとオニオンスライスをのせてジャド特製ソースをかけて巻いたものです」

「『ヤンソンさんの誘惑』はポテトと玉ねぎとアンチョビを重ねて生クリームとアンチョビの缶汁をかけて焼いたスウェーデン発祥の家庭料理で、フィンランドでもよく作ります」

どの料理もてんこもりにされ、広野は嬉しそうに頭を下げながら、

「ありがとうございます。いただきます。……けど、『ヤンソンさんの誘惑』って変わった名

前ですね」

と面白がり、生成も笑って頷く。

「俺も最初聞いたとき、どんな料理？　って思ったけど、ベジタリアンの宗教家のヤンソンさんが、この料理は美味しそうで禁を破って食べてしまったというのが名前の由来なんだって」

ミカが真顔で、

「そうです。別にいかがわしい催淫剤《さいいんざい》などが入っているわけではないので、安心して食べてください」

と言い添え、背後を振り返ってクーラーボックスを開けた。

「今日は広野くんとの親睦と生成さんへの日頃の感謝を込めて、アルコール解禁ランチにしようと思います。ワイン、日本酒、エジプトのステラビール、フィンランドのコスケンコルヴァなどいろいろ用意したので、お好きなもので乾杯しましょう。どれがいいですか？」

プチカウンターバー状態に多種類の瓶《びん》や缶を並べていくミカに生成は軽く眉を寄せる。

「……ミカ、しばらく禁酒するって言ってなかった？」

ミカのはじけた酒癖に自分たちは免疫《めんえき》があるが、畔上くんが見たら慄《おのの》いてしまうかも、と危《き》惧《ぐ》しながら問うと、ミカがやや間をあけてから言った。

「そのつもりでしたが、親睦を深めるには美味しい料理とお酒と楽しい会話が不可欠なのではないかと思いまして」

「それはそうだけど……」

楽しい会話程度で済むならいいけど、過去の経験上、へべれけになっていろいろやらかすじゃないか、と言いかけると、広野が首を傾《かし》げた。

「あの、アリーさんって教義上お酒飲んじゃいけないんじゃなかったでしたっけ」

アリーは笑顔で頷き、

「うん、だから僕はノンアルコールビール。サウジとか戒律が厳しい国は飲酒は絶対ダメだけど、エジプトやトルコは割と大らかなんだ。自分は飲まなくても飲み会の席にいるのは楽しいから好きだし」

とミカの差し出すノンアルコールビールを受け取る。

ジャドがワインオープナーでブルゴーニュワインのコルクを抜きながら、

「生成さん、そんな心配そうな顔しなくても、広野くんにどばどば飲ませたりしないから、大丈夫ですよ。私達も嗜《たしな》む程度にしておきますから。広野くんも法定年齢には達してるし、未成年のときもこっそり飲んだりしてるでしょう？」

悪戯《いたずら》っぽく問われ、広野が先生に叱られないか窺うような目つきでこちらを見る。

「……えっと、はい、友達との飲み会とかで、多少嗜んだことは……」

正直な申告に、まあそれくらいは大学生ならあると思うけど、自分の監督下にいるときに酒豪のミカたちとの飲酒を黙認《もくにん》していいものだろうか、と大家として悩ましい。

「でも、ミカもジャドも強いから、つられて一緒に飲んだら大変なことになっちゃうから。コスケンコルヴァってウォッカみたいな度数だし、急性アル中で救急車呼ぶようなことになったら長野の親御《おやご》さんに顔向けできないし……、畔上くんもノンアルか、ジュースやお茶にしといたほうがいいんじゃないかな」

過保護かもしれないが、良識ある大人としてアドバイスをすると、

「そうそう、生成さんも前にミカと『かもめ食堂』の真似してコッスの飲み比べして、一杯目で出来あがっちゃって全裸で踊り出したことあるしね」

とアリーが余計なことを暴露する。

「えっ、全裸⁉　き、管理人さんが⁉　ほ、ほんとに⁉」

信じられないものを見るかのように目を剝《む》いて振り向かれ、生成は焦って首を振る。

「い、いや？　そんなこと、まったく記憶にないから、たぶんアリーの幻覚じゃないかな……」

平静を装ってとぼけながら、アリーの奴、なんで畔上くんの前でそんな変なこと言うんだよ……！　と頭突《ずつ》きを食らわせたくなっていると、ミカとジャドが、

「幻覚じゃありません。僕もこの目ではっきり見ました。ジャドが撮った証拠の動画も写真も全部消されちゃったので、お見せできないのが残念ですが」

「ほんとに貴重なお宝映像だったのに。頭にネクタイだけ巻いて、日本のサラリーマンの真似してくれて。お盆持って隠す芸も披露《ひろう》してくれたけど、酔っぱらってるから全然隠せてなくて」

と追い打ちをかける。

お盆……と呟く広野に「ちょ、想像しなくていいからっ！」と生成は赤面してわめき、飲まなきゃ耐えられない羞恥《しゅうち》プレイに手近な缶ビールを摑んでプシッとプルトップを開ける。

「ごめん、今日はちょっと飲ませてもらうから。絶対踊らないけど」

乾杯も待たずにぐびっと呷《あお》り、ゴッゴッゴッと照れ隠しに一気飲みする。

アリーがにこにこと、

「そんな照れなくても。あれからすっかり封印しちゃったけど、一生忘れられないよ、あの芸は。……さあ、僕たちも飲もうか。広野くん、なにを飲む？　生成さんが心配するからジュースにしとく？」

と声をかけると、広野は「大丈夫です。子供じゃないんで、俺もお酒いただいてもいいですか」とやや尖《とが》った声を出して手を伸ばす。

強気な口調だったので、もし一升瓶《いっしょうびん》でも摑んだら止めようと思いながら見ていると、飲みつけていそうなレモンサワーの缶を取り、ホッとしつつやっぱり可愛いな、と微笑ましく思う。

ミカのいつもより薄めたコッスのタンブラーと、ジャドのワインのグラスと、アリーのノンアルビールと、広野のサワーと、生成も同じサワーを持って改めて乾杯し、食事を始める。

みんなの手料理をひととおり口に入れ、広野は「美味しい」と軽く意外そうに言う。

「みなさん、得意料理とかあってすごいですね。俺は一人暮らしはじめてから、ほか弁かコンビニ弁当ばっかで、自分じゃたいしたもの作れないです」

広野が恐縮したように言うと、店子たちが口々に言う。

「都会には百メートルおきにコンビニがあるし、便利すぎるからしょうがないよね」

「コンビニのＡＴＭで大金が下ろせたり、タダでトイレ借りられたりするのは日本くらいでは」

「ガリガリくん一本買っただけでも袋に入れて『ありがとうございました』って言われるし」

みんなの高評価に広野が「それって普通じゃないですか？」と言うと、

「普通じゃないよ！　コンビニの品ぞろえがこんなに充実してたり、新幹線の掃除が七分間で完璧に終わったり、工事現場の『ご迷惑をおかけしております』の看板の作業員のイラストまで可愛いのは日本だけだよ！」と一斉に指摘する。

だんだんみんなアルコールが進んできちゃったかも、と生成は店子たちの酩酊《めいてい》を遅らせるために「みんな、桜餅も食べない？」と持参の重箱をあける。

わーい、食べる食べる、と我先に飛びつく店子たちの最後に「俺もいただいていいですか？」と広野に遠慮がちに言われ、「もちろん。口に合えばいいけど」と重箱を差し出す。

和菓子好きのアリーや、日本マニアのミカとジャドには好評だが、いまどきの若い男子はあんこ系の甘味《かんみ》は好まないかも、とさりげなく食べる様子を窺っていると、ひと口目で「うま！」と本気っぽい呟きが聞こえてホッとする。

「すごい美味しいです。桜餅って家で作れるものなんですね。買うものだと思ってました」

爽《さわ》やかな笑顔を向けられ「いや、そんな難しくないんだよ、意外と」と急いで手を振る。

ミカがもぐもぐ食べながら、

「広野くん、このあんこも生成さんの手作りだし、外側の桜の葉の塩漬けも去年の庭の桜の葉を生成さんが漬けたものなんですよ。すごいでしょう」

となぜか自慢げに言う。

「え、ほんとにすごい」と目を丸くする広野に生成はまた慌てて手と首を振る。

「いや、全然、ネットで調べた自己流だし、そんなにすごくないよ。アリーが豚由来の添加物を避けなきゃいけなくて、いま日本で普通に売られてるものには乳化剤とかゼラチンとか入ってるのが多いから、なるべく市販のものより、自分で手作りしたほうがいいのかなと思って」

アリーが感じ入った表情で付け足す。

「ほんとにありがたいよ。ムスリムが口にしていいものをハラールって言って、肉の解体方法とかまで細かく決まってるんだけど、日本にいる間はそこまで厳密に遵守《じゅんしゅ》しなくてもいいかなと思ってるんだ。でも生成さんはなるべく協力するって言ってくれて、普段の食事はもちろん、僕の好きな和菓子もしょっちゅう手作りしてくれて、ほんとに感謝してるんだ」

「へえ、大家さんの鑑《かがみ》ですね」

そう呟かれ、生成は照れ隠しにサワーを口に運ぶ。

その後日本あるあるネタで盛り上がる店子たちの話を笑って聞いている広野をちびちび飲み

ながら横目で窺っていたら、ミカが色白の頰をピンクに染めてすっくと立ち上がった。

「やっぱり着替えたくなってきちゃいました！　みんな、ちょっと待ってて！　ミカたんになってくる！」

とうとう女装欲求を抑《おさ》えきれなくなったらしく、ミカがそう宣言して母屋《おもや》に駆け出していく。ジャドがその背中へ「おう、なってこい！」と男役風の低音ボイスで告げ、アリーが「みんな酔っぱらっちゃってしょうがないね」と両手に一本ずつ持ったお箸《はし》で器《うつわ》をちゃかぽこ叩く。

「アリーさんも酔ってるみたいじゃないですか〜！　ノンアルなのに！」

ハッとして隣に顔を向けてよく見ると、広野も頰や目元を紅くしてにかにか笑っている。ちゃんと暴飲《ぼういん》しないように量は見張ってたから、たいして飲んでないはずだけど、きっとまだ肝臓が綺麗でぐいぐい吸収されちゃったのかも、と生成は焦る。

「畔上くん、ちょっとお水とかお茶飲んだほうがいいよ」

急いで空《あ》いているコップにミネラルウォーターを注《つ》いで渡すと、がくんと勢いよく頭を下げられる。

「ありがとうございます。ほんとに『お母さん』みたいですね」

「え」

「みんなが、き、管理人さんのこと、『すごく綺麗なお母さんみたいな人』っていうから、俺、最初女の大家さんなのかなって勘違いしちゃいました」

えへへ、すいません、と笑ってごくごく水を飲む相手を見ながら、それはやっぱり本当は女のほうがいいと思ってたということなんだろうか、それに『お母さんみたい』って肯定的に受け取っていいのか悩む言葉だし……口うるさいとかお節介《せっかい》とかうざいとか、そういうイメージで言ってるのかも、とぐるぐる考えていると、母屋のほうからパタパタと駆けてくる足音がした。

「見て、ミカたんの新作衣装！　本気でやめる気だったのに、ネットで見たらどうしても着てみたくなって買っちゃった！」

波打つ茶髪のウィッグにヘッドドレスをつけ、フリルだらけのミニのワンピースにニーハイソックスのロリータファッションに身を包み、化粧も完璧に施《ほどこ》したミカが走ってきて広野の隣に座った。

呆気《あっけ》に取られた表情の広野の向かいで、「今日も可愛いぞ、ミカたん！」とジャドが男役風に言い、「酔っててもメイク上手だね、ミカたん」とアリーが笑う。

ミカは青いマスカラをつけた睫《まつげ》をパチパチさせて広野を見つめた。

「広野くん、僕可愛いですか？」

「え。あ、はい。すごく。そういう恰好《かっこう》すると、ほんとに女子にしか見えませんね」

あんぐりしつつも正直に答える広野にミカはにっこり笑いかける。

「じゃあ、女子にしか見えないけど実は男の僕と、王子系男子に見えるけど中身は女子のジャドと、どっちかとチューしないと殺すって言われたら、どっちとする？」

「……へ？」

酔うとキャラが変わるミカを初めて目《ま》の当たりにしてぽかんとする広野の横から、

「ちょ、ミカ！　なにわけわかんないこと言って……、畔上くん、ごめんね、無視していいからね」

と生成はまたコップに水を注いでミカに渡す。

「ミカ、酔うとおかしくなるのは知ってるけど、これ以上馬鹿なこと言ったりやったりしたら、またあとで思い出して真面目に落ち込むことになるから、お水飲んで大人しくしてて」

こういうところが「お母さん」と言われてしまうんだろうか、と思いつつ窘《たしな》めると、ミカはぷぅっと頬を膨《ふく》らませた。

「馬鹿なことじゃないし、超真面目にやってるんですけど！　広野くんっ、いまの僕とならチューできるかよく考えて！　男だから絶対嫌？　それとも可愛いからＯＫ？」

ミカは広野の襟首《えりくび》を摑み、グロスで艶々《つやつや》と輝くピンクの唇を突き出す。

「できるか、できないか、二択で答えて！」とミカが迫り、

「できると答えるんだ、広野くん！」と向かい側からジャドが男役風の声で煽《あお》る。

こらジャド、余計なことを言うんじゃないっ、と目で叱ってから隣を窺うと、うろたえた顔で視線を泳がせていた広野と目が合う。

彼はこくっと息を飲み、ミカに目を戻した。

「……えっと、あの、いまするわけじゃありませんけど、相手が男だと絶対嫌ってことは、ない、かもしれません……人によるというか……」

断ってくれてよかった、とホッとしつつ、薄赤くなってしどろもどろに答える顔を見ていたら、いまここでは衆人環視だからしないけど、誰も見ていなければミカとキスできると思ったんだろうか、と懸念が浮かぶ。

ミカは広野の返事を聞くと、素面《しらふ》では見せない全開の笑顔を浮かべた。

「了解です。男でもできるなら、ポッキーゲームをしましょう！」

ふわふわしたスカートのポケットからサッといちごポッキーの小袋を取り出すと、ミカは広野に一本咥《くわ》えさせた。

「はい、まずは生成さん×広野くんペアから。広野くん、生成さんのほうを向いて。生成さん、端っこを咥えてください」

てきぱき指示され、「え、俺……？」と目を瞠《みは》ると、同じくらい目を見開いた広野の口からポロッとポッキーが落下するのが見えた。

ミカは軽く眉を顰《ひそ》めて拾い上げ、

「もう、落としちゃダメじゃないですか。日本の三秒ルールでまだ綺麗ってことにしちゃおう。ふたりで両端から齧《かじ》るゲーム、ふたりとも知ってるでしょう？　楽しくゲームでチューしちゃおう！」

オー！　と明るく右手を突き上げ、もう一度広野に咥えさせようとする。

一瞬、心のアイドルとポッキーゲームをして、徐々に唇が近づいて不可抗力でうっすら触れてしまう様を妄想してドキッと胸が震えてしまったが、生成はぶんぶんと頭を振って妄想を振り払う。

「もうミカ、ほんとに酔いすぎだってば。そういう変な遊びに俺と畔上くんを巻き込まないでくれる？　日本人は恋人じゃない人とはそういうことは軽々しくしないんだよ」

日本人でもそれぞれだろうが、断定的に言い切ると、ミカは不満げに唇を尖らせた。

「別に恋人じゃなくたってキスできるし、キスと笑いは寿命を延ばす因子だから、どんどんするべきなのに。……わかりました。シャイな日本人にお手本を見せてあげます。アリー、やろ？」

ミカはくるっと反対隣のアリーのほうを向き、手にしていたポッキーを自分で咥え、アリーに突きだす。

「いいの？」と笑いながら問うアリーにミカはこくんと頷き、ふたりはカリポリといい音を立てながら端からポッキーを齧りだす。

ちょっと君たち、と止める前にピンクのチョコでコーティングされた部分が見る間に短くなり、チュッと唇が触れた途端、ミカはアリーの首に両腕を回し、「んー！」と強く唇を押し当てた。

「……」

ねっとりと触れ合わせてから、一度唇を離して舌を伸ばし、ミカはアリーの肉感的な唇をいやらしく舐《な》めたり齧ったり吸いついたり、楽しむようにエロティックなキスを仕掛け、アリーも拒否せずに深く舌を絡《から》め合わせて濃厚なキスで応《こた》えている。

思わずぼんやり眺めてしまい、ハッと我に返って隣を窺うと、広野も目を剝いて硬直したまま凝視《ぎょうし》していた。

こんな突拍子《とっぴょうし》もない店子がいる下宿だったのかとドン引きしてたら困る、と生成はバッと立ち上がってふたりに駆け寄る。

「やめなさいっ、こんなところで！　ミカは酒癖悪すぎだし、アリーもあっさり『ミカの誘惑』に乗りすぎ！　みんなみたいにしょっちゅうキスしなくても、日本人は元々寿命長いし、そんなエロいキスのお手本見せてもらわなくても、いざ恋人ができたらできるから、たぶん！」

バリッと引き剝《は》がしながら叫ぶと、

「なぜ止めるのだ、生成さん。邪魔をしてはいけない。私はもっと男同士のキスが見たいのだ！」

とジャドが男役風に片手を伸ばして訴える。

「ジャドの酒癖も変だから！　そんな変なこと言う男役、宝塚にはいないよ！」

キィッとわめくと、ミカがふぅと満足げに吐息を零《こぼ》しながら言った。

「もう生成さん、さっきから怒ってばっかり。長寿のためには笑わなきゃダメって言ったでしょう？　じゃあ、生成さんのために、僕がもうひとつ笑えるゲームを提案します！　フィンランドが誇《ほこ》るおバカ祭りのひとつ、『奥様運び世界選手権in石花荘』を開催しましょう！」

「……は？」

次々変なことを言いだすミカに眉を寄せて問い返すと、ミカはスマホで去年の大会の動画をみんなに見せながら説明した。

「『奥様運び選手権』はソンカヤルヴィという村で毎年開催されてて、日本の『ふしぎガッテン』も取材に来たことあるんですよ。ルールは四十九キロ以上の女性を男性が担《かつ》いで、二百五十メートルの障害のあるコースを走って、ゴールまでの速さを競《きそ》うんです」

動画には、屈強《くっきょう》な男が女性を背負ったり、ファイヤーマンズリフトという両肩に担ぐ体勢や、エストニアスタイルという女性の頭が下向きになり、股《また》で男の首を挟んで背中にぶらさがるひどい体勢で泥だらけになりながら懸命に走るカップルが映っている。

ジャドが爆笑しながら、

「全然ロマンチックな姫抱っこの人なんかいない本気の闘いなんだね！　私、落っことされるの嫌だから審判になる。奥様役は軽そうなミカと生成さんがやりなよ」

と言うと、ミカも頷いた。

「僕は安定感と腕力に期待してアリーに旦那《だんな》様役をお願いします。あと、エストニアスタイルだと僕はパンツが丸見えになってしまうので、今回はお互い姫抱っこというルールで、石花荘を一周してゴールは奥様役の部屋のベッドまで、ということにしましょう。アリーに比べたら若干《じゃっかん》軟弱な体格で頼りなげですけど、生成さんは広野くんに運んでもらってください」

「……え」

俺が畔上くんに姫抱っこを……？　と一瞬キュンとしかけ、いやいやいや、ゲームだってそんなとんでもないことさせられないし、向こうだって勘弁してくれって思うだろうし、もし心のアイドルにほんとにそんなことされたら失神の上に失禁しちゃうし、と内心慌てふためきつつ、平静を装って首を振る。

「ミカ、そういうふざけたイベントは三人でやってってば。俺はやるなんてひと言も言ってないし、畔上くんだってやりたいわけないし」

そんなこと妄想するだけで充分、と思いながら断ると、広野がゆらりと音もなく立ち上がった。

「俺、管理人さんを奥様運びしますから」

「え……？」

真顔でじりっと歩を詰められ、思わず後ずさる。

「……あの、畔上くん……、どうしたの……？　まだ酔ってる……？」

「酔ってますけど、ちゃんと運べます。俺、アリーさんより頼りなく見えるかもしれないけど、絶対管理人さんを落としたりしません。若いし、サッカー部だったし」

それはあんまり関係ないんじゃ、と思いながら、

「……えっと、畔上くん、ほんとにこんな変な遊びにつきあうことないから。俺は畔上くんのほうが頼りないなんて思ってないし、ミカは正直が美徳のフィンランド人だから、本音をズバッと言いがちなんだけど、全然真に受けなくていいから……わっ！」

説得中に突進してきた相手にがしっと抱き上げられ、ダッとそのままダッシュされる。

背後から、「あっ、日本人ペア、フライング！」というジャドの声が聞こえたが、広野は足を止めずに裏庭方向へ走っていく。

「……っ」

嘘だろ、と相手の腕に抱えられたまま硬直する。

なんでこんなことに、降ろしてくれ、重いし、どうせ抱き上げるなら可愛い女子か見た目が女子のミカのほうが楽しいだろうし、こんな心臓に負荷がかかりすぎることやめてくれ、と言いたいのに、頭が真っ白で言葉が出てこない。

ぐっと力強く両腕で抱きかかえられてはいたが、大股のストライドに思わず振り落とされそうで相手の肩にしがみつくと、一瞬こちらに目を落とした彼がニコッと笑みかけてくる。

……え、なんで笑うの、酔ってるからハイなのかな……と戸惑いつつも、心のアイドルの至

近距離からの笑顔にぽわっと胸がときめく。

また前を向いて走る相手の横顔を見つめ、もうなんでもいいから畔上くんに姫抱っこされているという奇跡のシチュエーションを満喫《まんきつ》しようとひそかに思う。

相手は酔っていて、ちょっとミカの言葉にプライドを傷つけられて己の腕力を証明したいと意地になっているだけだし、『奥様運び選手権』なんていうアホなゲームだけど、心のアイドルの腕に抱かれるチャンスなんて、この機を逃せば二度とないし。

ロマンの欠片《かけら》もない裏手の物置き小屋や自転車置き場の前を運ばれながら、生成はドキドキと胸をときめかせる。

門扉《もんぴ》の脇を通ると、ジャドが玄関扉を開けて片手を振っているのが見えてくる。

「わー、日本人ペア優勢！　アリー×ミカペアも迫《せま》っています！　審判からゴールの判定方法を発表するからよく聞いて！　ベッドに奥様を下ろして『奥様、今夜は寝かさないぜ』って私に聞こえるように先に叫んだほうが勝ちね！」

「は⁉　ジャド！　悪ふざけもいい加減に……あっ、また動画撮って！　やめなさいっ！」

ジャドの横を通り過ぎざまスマホに手を伸ばすも、広野がダダダッと玄関内に走りこんでしまったので奪えなかった。

靴を投げ飛ばすように脱いで中に駆け込み、食堂の左奥の硴野《かきの》家の二部屋の前でキキッと急ブレーキをかけるように足を止め、

「管理人さんの部屋、どっちですかっ⁉」

と彼が叫ぶ。

廊下を隔《へだ》てて左右に祖父の部屋と生成の部屋があり、まだ遊びに来たことがない彼は配置がうろ覚えだったらしく、背後のアリーたちの気配を気にしながら問う。

勝敗なんて最初からどうでもよかったが、相手にとっては大事なのかも、とつい「こっち……」と指差すと、彼は抱いたままガチャと片手でノブを開け、身体が傾《かし》いだ生成はまたぎゅっと相手にしがみつく。

自室に駆け込まれ、目でベッドを探した彼はダダッと突進し、一秒でも早くゴールしようというのか手前から一緒に飛び込むように放り投げられた。

「……っ」

心のアイドルにのしかかられ、はぁはぁ息を切らして見おろされているシチュエーションにときめきと動揺で、心臓が口から飛びだしそう、という少女マンガ的表現をリアルに体感する。

彼はこめかみに汗を滲《にじ》ませながら、「奥様っ、今夜は寝かさないぜ！」と絶叫した。

……心のアイドルが俺にそんな言葉を……と放心しかかっていると、彼は一瞬てへっと笑ってからダッとベッドを下り、ドアに向かう。

「ジャドさんっ、聞こえました⁉　俺、ゴールしましたよ！」

バタバタと駆けていく足音を聞きながら、生成は今頃かぁっと頬を赤らめる。

……最近、枯れた日常が刺激的になりすぎて困るんですけど……！　と心の中で悶《もだ》える。

こんなことは酔った上でのただのおふざけで、彼にはなんの意味もないことだとちゃんとわかっている。

でも、こっちはそこまで酔ってないし、こっそり何度も思い出しときめきさせてもらおう、と生成は熱い頬を手の甲で冷ましながら思った。

＊＊＊＊

その日の夕方。

ミカがひと眠りして目を覚ますと、自分のベッドで左右からジャドとアリーにサンドイッチハグされながら寝ていたことに気づいた。

「……狭い……」

泥酔《でいすい》と満腹と奥様運び大会の興奮で疲れて眠気を催《もよお》したところまでは覚えているが、なぜこのふたりがここに……？　と目を瞬《しばたた》き、むくりと起き上がる。

見おろした視界に茶髪の毛先や穿《は》いているスカートのフリルが飛び込み、またやってしまった……と無表情に落ち込む。

ミカが起きた気配でジャドとアリーも目を覚まし、

「ミカたん、今日は楽しかったね。男同士の姫抱っことキスシーンが生でいっぱい見れて、動画も撮れて、最高の一日だったよ」

「ここで『今夜は寝かせないぜ』と言ったら、『じゃあ昼間に寝ましょう』って馬乗りになってまたキスされちゃってさ。そしたらジャドが審判しに入ってきて、動画撮られて、ミカが寝ちゃったからみんなで一緒に昼寝したんだけど、ミカは酔うとちょっと性的に大胆になるよね」

と笑いながら言われる。

「……し、失礼しました……大変ご迷惑を……、今日はそこまで酔う予定ではなかったんですが……」

やっぱり自分は飲まずに飲ませるだけにすればよかった、と悔やみながら詫《わ》びると、アリーが鷹揚《おうよう》な笑顔で首を振る。

「別に迷惑じゃないからへこまなくていいよ。酔ったミカはキスがうまいし、ジャドも喜ぶから、三方楽しくていいんじゃない？」

そうおどけてから、アリーは続けた。

「それよりミカ、君、生成《きなり》さんと広野《こうや》くんをどうしたいの？　今日、やたらふたりをけしかけてるように見えたんだけど」

「……」

鋭い、とミカは無表情にぎくっとする。

「そういえば、今日はなんでミカは私を喜ばせるようなことばっかり提案するの？　と思ったけど、わざとやってたの？」

ジャドにも問われ、ミカはどう誤魔化《ごまか》そうかしばし思案し、この際ふたりにも計画を打ち明けて協力を要請すべきかも、と肚《はら》を決める。

「実は、日本の草食系男子が同性への恋愛感情を自覚し、行動に移すまでの心理の変遷《へんせん》について、フィンランド人の視点で考察したものを論文にしようと思っていまして……。僕が見る限り、広野くんは初対面で生成さんにひとめ惚れしたと思うんです」

「えぇっ、ほんと？」とジャドが食いつき、隠しきれない嬉しげな笑みを浮かべる。

ミカは「はい」と真顔で頷き、

「僕はあの日、正面の席から広野くんの顔を見ていましたが、彼が生成さんを見た瞬間、もうぽっかーんという表情で、恋の矢が刺さったオノマトペは『とすっ』ではなく『ズッキューン』だったと思われます。ただ、彼は恋愛経験のない奥手の草食系なので、性的指向の自覚もなく、『男の人を好きになるわけないし』と恋の自覚もなかなかできないと思うんです」

「ヘタレワンコにありがちな展開ね」

本棚に少女マンガと同じくらいBLマンガを並べているジャドが同意する。

「自然に推移を見守るのが正しい観察者の取るべき態度だと思うんですが、論文の提出期限があるので、広野くんに若干《じゃっかん》早めに自覚してもらい、スムーズに告白などの行動に移れるように、気づかれないように陰のキューピッドをしようと思ったんです」

計画を告げると、ジャドが目をらんらんと輝かせ、

「ミカ、是非私にも手伝わせて！　年下ヘタレワンコ攻と美人受はツボど真ん中だから！」

とこちらから協力を依頼する前に自《みずか》ら立候補してくれる。

アリーはすこし考えるように口を噤《つぐ》んでから言った。

「でも、生成さんのほうはどう思うかな。生成さんがゲイかバイならいいけど、ストレートだったら店子《たなこ》の年下男子に告白されても困るんじゃないか」

ミカは神妙に頷いて、

「そうなんですけど、広野くんが越してきた日の夜、僕が布団を取り込んで戻ってきたとき、ふたりだけで話しているところを見て、たいしたこと話してないのに、ぎこちなくも甘酸《あまず》っぱい、初々《ういうい》しい空気を感じたんです。それでなんとなく入っていけずにこっそり観察してたんですが、お互いに相手と目が合うと逸《そ》らし、相手が見ていないときは盗み見たりしていたし、生成さんは広野くんが部屋に戻ったあと、しばらくじっとドアを見つめていました。なので、生

成さんのほうもまったく脈なしではないのではないかと。『恋がしたい』とも言ってましたし」

と見解を述《の》べると、ジャドがまた興奮を隠さずに両手を組む。

「それ、絶対脈ありだと思う！　なくてもあって欲しい！　もし生成さんがストレートで、広野くんの想いに応《こた》えられないとしても、優しい人だから広野くんが立ち直れないほどの振り方はしないだろうし、広野くんも結果として失恋しても、素敵な人に恋した経験は貴重な人生の一ページになるから、けしかけていいと思う！」

完全に個人の趣味で熱弁をふるうジャドに苦笑して、アリーも頷いた。

「わかったよ。じゃあ、親友の論文のために僕も協力するよ。次はどうやってけしかける？」

三人の店子たちが二階でそんな密談をしていたことを、姫抱っこの余韻《よいん》に浸《ひた》りながら庭でランチパーティーの後片付けをしていた生成は知る由《よし》もなかった。

＊＊＊＊＊

……しまった……。どうしよう。酔ってものすごく馬鹿なことをしてしまった……。

明け方から広野《こうや》は昨日の出来事を思い返しては悶々《もんもん》としている。

ランチパーティーの余興《よきょう》で奥様運び選手権に参加している最中は、アルコールのせいもあってテンションは上がりっぱなしだった。

ミカには「アリーより軟弱で頼りない」と言われたが、生成《きなり》さんは「そんなこと思ってない」と言ってくれたし、フライングスタートはしたけどアリーより早くゴールできたし、生成さんにしがみついてもらえたし、部屋まで入れてもらえたし、ベッドにはそっと下ろすつもりだったのにうっかり手前で躓《つまず》いて不可抗力《ふかこうりょく》で押し倒してしまったし、実生活で言ったこともない照れくさいことを言わなきゃいけないルールだったから、「奥様」とか大声で言っちゃったりして、とにかくわけのわからないゲームだったが、すごく楽しかったし、何度もドキドキした。

ジャドに「優勝は日本人ペア！　素晴らしい闘《たたか》いぶりを見せてくれてありがとう！」とハグされ、ご満悦《まんえつ》で部屋に戻り、喉《のど》が渇《かわ》いたので水を飲み、さすがに両腕がだるかったのでちょっと休もうと思ったら、気づけば明け方だった。

酔いが醒《さ》めて昨日の自分の所業を思い出し、なにやってんだよ、俺は、と赤面してしばらくごろごろしてからふと我に返る。

……生成さんは、あんなことをした俺をどう思っただろうか……。

生成さんは酔ったミカがあれこれおかしな提案をするのを何度も困り顔で止めていたし、奥様運び選手権も最初からやりたがっていなかったし、俺がやらせてくれと言ったときも怖気《おじけ》づいた顔で逃げ腰だったのに、強引に抱き上げてしまった。

あのときは酔っていたから気が大きくなって、俺は頼りなくない、と生成さんやみんなに見せつけたい気がして有無《うむ》を言わさず実行してしまったが、ずっと言葉もなく固まっていたから、やっぱり嫌だったのかもしれない。

しまった、俺は酔うと腕力にものを言わせるＤＶ傾向《けいこう》を秘めた酒癖だったのかも……。

生成さんに最初にお酒じゃないものにしといたほうがいいと言われたのに、言う事をきかずに飲んで馬鹿をやらかして、呆れられたかも。そこまで飲みたいわけでもなかったんだから、やめておけばよかった。

でも、あのときアリーに「ジュースにしとく？」と言われて、子供扱いされてるみたいでカチンときて、つい反抗的な気分になってしまった。

アリーには別に悪気はないのだろうが、生成さんが以前泥酔《でいすい》して裸踊りした話を持ち出したり、俺だけ本物も画像も見れないのに「一生忘れられない芸」なんてダメ押しするし、自分のためにいろいろ手作りして特別に心を砕《くだ》いてくれている、としきりに自慢するから、生成さんは大家だからみんなに優しいのに、となんとなくもやっとして、奥様運びでは負けたくないと思ってしまった。

でもよく考えると、アリーに張り合いたいとか、ミカに腕力を証明したいとかいう理由より、単純に生成さんを姫抱っこしてみたい、と思ったのが一番大きかったような気もする。

いくら酔って正常な思考力が欠けていてもそんなことを思うなんて変だし、ミカが奥様運び選手権なんて言い出さなければ夢にも思わなかっただろうが、あんなゲームでもなければ生成さんにそんなことできないし、チャンスがあるならやってみたいと思ってしまった。

実際に姫抱っこさせてもらえて自分はすごく高揚したが、相手は制止もきかずに酔って悪ノリする能天気大学生と思ったかも。

もしこんな酒癖の悪い迷惑な店子《たなこ》には早々に出て行ってもらいたいと思ってたらどうしよう、と広野は青ざめる。

……とりあえず、もうやってしまったことは取り返しがつかないから、朝になったら開口一番謝って、強制退居させられないように誠心誠意お詫《わ》びしよう。謝って軽蔑《けいべつ》の念を薄めてもらわなければ。

早めに起き出してシャワーを浴び、七時十分前に廊下に出ると、食堂のほうからキーコキーコと聞き慣れない音が聞こえてきた。

そっと入口から覗くと、生成さんが二段の踏み台の上で爪先《つまさき》立ち、壁の柱時計のカバーを開けてねじを巻いている後ろ姿が見えた。

ねじ巻き式の振子時計は昭和の映画やドラマでしか見たことがなく、こういう構造なのか、と思いながら近づいて「おはようございます」と神妙に挨拶《あいさつ》する。

背後から声をかけても振り向いてもらえず、もしかして昨日の件で気を悪くてして口もききたくないんだろうか、と狼狽《ろうばい》しながら相手の脇に回る。

いつもと逆に高いところにある相手の横顔を見上げて「管理人さん」とおずおず声をかけると、彼は「え」とこちらを見おろし、「わっ!」と初めて気づいたように目を見開いた。

「びっくりした。全然足音聞こえなかったから……おはよう、畔上《あぜがみ》くん」

すこし動揺したような、でもすぐ笑みの浮かんだ表情で挨拶され、単にねじを巻く音で聞こえなかっただけで、意図的に無視されたわけではなかったとわかってホッとしつつ、広野はがばっと頭を下げた。

「管理人さん、昨日はすいませんでした! 俺、酔って調子に乗っちゃって、管理人さんは嫌がってたのに無理矢理運んだりして、ほんとに反省してます。不愉快だったと思うんですけど、これからは禁酒して、二度とあんな馬鹿な真似はしないように気をつけますので、どうか追い出すとか言わないでいただけないでしょうか」

腰を九十度に折ったまま返答を待つと、頭上から焦った声が降ってくる。

「え、ちょっと、畔上くん、頭上げて。そんな深刻に反省するようなことじゃないから。俺、追い出すなんてひと言も言ってないし、ちっとも不愉快じゃなかったし、ミカたちには反省して禁酒してもらいたいけど、畔上くんはほんとに気にしないでいいから。あんなの全然たいしたことじゃないし、さっさと忘れていいよ。俺もいま言われなければ忘れてたくらいだし」

「……え。あ、はい……」

昨日の失態を相手は怒っておらず、気にしなくていいと水に流してもらえたのに、なぜかすっきりしない気分が胸底にわだかまる。

生成さんにとっては取るに足らないただのおふざけで、俺が蒸し返さなければ忘れてたくらいどうでもいいことだったんだ、と思ったら、ひとりで舞い上がったり落ち込んだりしていた自分が愚《おろ》かしく思えてくる。

俺にはたいしたことだったたし、生成さんが怒ってないなら、ずっと覚えておきたい楽しい出来事だったのに、生成さんにとっては何の価値もないことだったんだな……となんとなく淋しい気持ちで顔を上げると、ミカが二階から下りてきた。

「モイ、……あ、ねじ巻き」

食堂に入ってきたミカがそう呟き、突然こちらに向かって駆けだしてくる。

ミカはねじ巻きが好きなのかな、俺もぜんまいで動くおもちゃとか見るとつい巻きたくなるし、と思っていると、そばまで突進して来たミカが急に「あっ」とよろけて生成さんにドンとぶつかった。

「え、わっ！」と体当たりされた生成さんが踏み台の上でたたらを踏む。

「危ないっ……！」

ずるっと片足を踏み外してこちらにつんのめるように倒れ込んでくる相手を広野ははっしと

両手を広げて受け止める。

「……っ」

自分もしっかと抱きとめてしまったが、彼からも藁《わら》をも摑むようにひしっと抱きつかれ、ドクンと鼓動が跳ねる。

期せずして、空港で互いに走り寄り、女性が飛びついて足を浮かせてくるくる回る恋人たちのような密着体勢になってしまい、バクバク鼓動を逸《はや》らせながら「だ、大丈夫ですか?」と相手の足を床に下ろして身を離す。

「う、うん、ごめんね、ありがとう」

生成さんも俯《うつむ》きがちにパッと離れて早口で言い、「ミカ!」と振り返る。

「気をつけてよ。どうしたの? ミカらしくないよ、いつもはそんなそそっかしくないのに。ちょうど畔上くんが下にいてくれたから助けてもらえたけど、二段の踏み台だって打ちどころが悪かったら、頭がパーになったりすることだってあるんだからね」

叱られたミカは殊勝《しゅしょう》げに頭を下げる。

「ほんとにすみません。前から一回ねじを巻いてみたかったことを突然思い出し、走り寄ったら、二日酔いのせいか足元がふらついてしまいました。ちなみに余談ですが、フィンランド語では『頭』のことを本当に『パー』と言い、『通行許可証』のことを『クルクルパ』と言います」

唐突におかしなフィンランド語を繰りだされ、

「え、それほんと？」

と頬を紅潮させて怒っていた生成さんがプッと噴いて表情を緩《ゆる》ませ、広野もくすっと笑う。

昨日の泥酔女装男子と同一人物とは思えない真面目な顔つきだが、これでも二日酔いなのか、でもその割には随分勢いよく駆けてきたな、と思っていると、ミカが広野にも頭を下げた。

「広野くん、僕のうっかりミスで危うく生成さんに怪我をさせるところでしたが、広野くんの俊敏な運動神経のおかげで何事もなく済みました。ありがとうございます。広野くんはやっぱり頼りがいがあるとわかりました」

無表情に言いながらハグしてトントンと背中を叩かれ、昨日と逆の評価にやや気分を上向きにしつつ、広野もトントンと背中を叩き返す。

「だから、畔上くんは最初から頼りなくなんかないってば。アリーと比べたら小さいけど、畔上くんは日本じゃ長身の部類だし、元サッカー部だから運動神経も体力もあるんだよ。昨日も落とさず運んでくれたし、安定感もあったし」

ミカと挨拶のハグをしながら生成さんがフォローしてくれ、またすこし気分が上がる。

そこへジャドとアリーが「おはよう」と入ってきて、「あれ？　なんか楽しいことでもあったんですか？」と明るく問う。

生成さんがもう一度踏み台に乗り、

「ううん、ミカに突き落とされそうになっただけ。ちょっと面白いフィン語は教えてくれたけど。……俺、この頃老いのせいかめっきり心臓が弱くなってるから、あんまりドキッと心臓に負担かかることされると困るんだよね」

と言いながら、時計板の穴からねじを抜いて振り子を揺らしてからカバーを閉じる。

「生成さんに老いてるとか言われたら、僕なんか『おじいさん』になっちゃうじゃないか。ちなみにアラビア語で『おじいさん』のことを『ジャッド』っていうんだけど」

「えー、私の名前、『おじいさん』に似てるんですか？　やだなぁ。でも宝塚に出てくるおじいさんは美老人ばっかだから、まいっか」

アリーとジャドの掛け合いに微笑《ほほえ》み、「朝ごはん持ってくるね」と台所に向かう生成さんを広野は目で追う。

運ぶのを手伝ったら喜ばれるだろうか、でもあんまりくっついてこられるとストーカー店子と思われるかも、と考えていると、ミカが席に着きながら言った。

「広野くん、フィンランド男子は『あいつにはシスがある』って言われるのが最大の誉《ほ》め言葉で、『シス』は男気とか男らしさ全般を指すんですけど、さっきの広野くんにはシスがあったと思います」

「……ほんとですか？　だといいんですけど」

こっちに向かって落ちてきた生成さんを支えただけだから、偶然の産物なんだけど……でもめちゃくちゃドキドキした、とひそかに思い返して顔がにやけそうになっていると、ジャドも頷いた。

「昨日の奥様運び選手権でも広野くんのシスが光ってたよね。日本人ペア優勝の立役者《たてやくしゃ》だし」

いや、そんな、と謙遜しかけると、アリーが片頬で苦笑する。

「でもあれはスタートがフライングでズルだったし、ゴールも一階の生成さんの部屋と二階のミカの部屋じゃ階段もあって僕が不利だから、もう一回条件を揃えてリベンジして、次も広野くんが勝ったら本物のシスと認めてもいいよ」

悔しいけど確かに一理ある、でも次も絶対負けたくない、と内心闘志を燃やしていると、台所から大きなお盆を持って戻ってきた生成さんが「なに言ってんの、もう絶対やらないよ、あんなこと」と言下《げんか》に拒否する。

「えー。見てるだけで最高に楽しい競技なのに～。また動画消されちゃったし」

とジャドがぶちぶち言う。

今朝は洋朝食の日らしく、クロワッサンとゆで卵とカフェオレ、二日酔い対策なのか野菜ジュースとキウイや林檎《りんご》のヨーグルトがけを並べながら、

「当たり前です。とにかく大家命令で却下します。あんなの一回で充分」

と生成さんが断言すると、

「……じゃあ、生成さんが参加してくれないなら、私が広野くんとペアになろうかな。まだ誰

にも姫抱っこしてもらったことないから、実は憧《あこが》れてるんです」

とジャドが言った。

「え」

やれと言われればやるが、ジャドだと生成さんよりやる気にならないのはなぜだろう、と思っていると、生成さんが「は⁉」と眉を寄せた。

「ちょ、ダメだよ、そんなこと。あんなふざけた大会をまたやってるところをご近所に見られたら、『あの下宿の外国人はすぐ馬鹿なことして騒いで』って苦情が来るかもしれないし……」

生成さんは困り顔で唇を舌で湿らせてから、さらに言葉を継いだ。

「……それに、姫抱っこって、結構怖くて、そんなに期待するほどのものじゃないよ。特にあのゲームは走りながらだから、いつ落っことされるかわかんない恐怖感のほうが強くて、ジャドが憧れてるようなロマンチックな気分にはなれないと思う。だから、ちゃんと恋人ができたらやってもらいなよ」

遠慮がちに制止する言葉を聞き、広野は内心がーんとショックを受ける。

ジャドが「そうですね、じゃあやめます」とあっさり言うのも耳を通り抜けていく。

……生成さんは一般論みたいな言い方で濁《にご》してたけど、本当は俺に姫抱っこされて怖くて嫌だったんだ……。さっき「安定感があった」とか「ちっとも不愉快じゃなかった」と言ってくれたのは大人の気遣いで、ただの社交辞令だったのに、うっかり真に受けてしまった、と広野は落ち込む。

　無自覚にしょぼんと肩を落とす広野を横目で窺い、ミカが平坦な声で言った。

「わかりました。『奥様運び選手権』はもうしません。おなかがすいたので、朝ごはんをいただいてもいいでしょうか」

　マイペースなミカに促《うなが》されて「あ、うん、食べよう」と生成さんが席に着き、「いただきます」と全員で唱和《しょうわ》する。

　あまり物を食べたいような心境ではなかったが、露骨《ろこつ》にへこんだ態度を晒《さら》すのも情けないので黙って食べていると、アリーがミカ越しにこちらに顔を向けて「広野くん」と声をかけてきた。

「ミカとジャドと相談したんだけど、広野くんに英会話のレッスンをしてあげようかと思ってるんだ。よかったら、夜、夕食後に一時間くらい、個人レッスンしてあげるけど、どうだい？」

　願ってもない申し出に、広野は目を見開く。

「いいんですか？　めちゃくちゃありがたいですけど」

　いじけた気分をひとまず脇へ置き、アリーとジャドとミカに目顔で確かめる。

　三人は笑顔で頷いて、

「プロじゃないから、ただ英語でおしゃべりするだけだけど」

「プロじゃないから、もちろん授業料なんか取らないし」

「お互いに忙しいときはやめて、緩い感じで続けましょう」

と破格の提案をしてくれる。

「ありがとうございます。助かります。是非《ぜひ》ご厚意《こうい》に甘えさせてもらえたら嬉しいです」

なんて親切な人たちなんだろう、と感謝しながら頭を下げる。

「じゃあ、早速今夜から始めようか。今日は僕が先生になるよ」

アリーに笑みかけられ、ここしばらく抱いていたアリーへの対抗心が薄れ、初日同様の「いい人オーラ」を素直に感じ取れる。

外国人チームに親切にしてもらえ、生成さんの本音を知ってめげていた気持ちがすこし和《やわ》らいだ。

＊＊＊＊＊

……俺は一体なにをしているんだろう。

過剰反応だろうか、いやでも……、と何度も自問しつつ、生成《きなり》は廊下のワックスがけをする。掃除はいつもみんなを送り出してから午前中に済ませており、こんな時間にやる習慣はないし、ワックスがけも気が向いたときしかしていない。

ただ、いまは不自然に見えないように一階の廊下をうろうろする口実が必要で、夜にワックス用モップを滑《すべ》らせている。

たったいま、畔上《あぜがみ》くんが英会話のレッスンのためにアリーの部屋に入ったところである。

店子《たなこ》同士が仲良くつきあうのは大家として喜ばしいことだと思っている。

でも、アリーは普段からスキンシップが尋常じゃなく濃いエジプト人で、興《きょう》に乗ると太腿《ふともも》に触れながら話したり、頬ずりしてきたり、抱きしめてきたりする。

単に心を開いている証《あかし》で、本物の愛情表現やセクハラではないことはよくわかっているし、アリーの人品《じんぴん》を疑うわけではないが、彼とふたりきりで密室に籠《こも》るうち、魔が差してそれ以上のことに及ばないとは言い切れない。

イスラム圏では同性愛は禁じられているが、男女間の気軽な交際が制限されているために、代償としての男色《だんしょく》行為はひそかに浸透《しんとう》していると聞く。

アリーの性的指向をはっきり確かめたことはないが、酔って奔放になるミカの相手を平気でしているし、どちらもいける口かもしれない。

畔上くんは日本人男子としては立派な体つきとはいえ、アリーはもっと大柄だし、若々しい肌艶《はだつや》や可愛げのある物言いに惑わされて、つい変な気を起こして万が一間違いでも起こったら、長野の親御《おやご》さんに申し訳がたたない。

彼には二次元男子とタカラジェンヌにしか興味のないジャドまで姫抱っこされたがったり、人見知りのミカが初対面で懐《なつ》いたり、やたら外国人チームに受けがいいし、アリーも英会話のレッスンにかこつけて、別のプライベートレッスンをする気にならないとも限らないから、様子を窺って異変を未然に阻止《そし》するのは大家としての務めだ。

しかもアリーの部屋はジャドのオタク部屋やミカのなんちゃって和風部屋とは違い、エジプシャンテイストで統一されている。床には精緻《せいち》な模様の赤いペルシャ絨毯《じゅうたん》が敷かれ、ウードという琵琶《びわ》に似た民族楽器や水タバコのパイプ、香木《こうぼく》を焚《た》く香炉《こうろ》や、ラマダーン（断食月）用の飾りランプ、銀細工や小さな宝石で美しく装丁されたコーランなど、ひとつひとつが芸術作品のようなアイテムが六畳間に並んでおり、なんとなくプチハーレム感がある。

いままでアリーの部屋に招かれてもハーレム臭など感じたこともないが、広野《こうや》の身を案じるあまり、生成はハラハラ気を揉《も》みながらドアの前でモップを握って聞き耳を立てる。

「うわぁ、アリーさんの部屋って異国情緒ハンパないですね。すごくいい匂いがするし、こういうゴージャスなカーペット、前にデパートのシルクロード大物産展みたいので一億円とかべらぼうな値段がついてるの見たことあるんですけど、もしかして、アリーさんってアラブの王族だったりするとか……？」

「あはは、まさか、マンガじゃないんだから。うちの一族はただの小金持ちだから、一億円なんかしないよ。せいぜい数百万てとこかな。さあ、座って寛《くつろ》いで」

「……え。数百万だってめちゃくちゃ高級じゃないですか。なんか座りづらいな」

「なに正座なんかしてるんだい。気楽に寝っ転がったっていいよ。……でも、中東で迂闊《うかつ》に男の前でうつぶせになると『掘らせてあげてもいいよ』というサインに受け取られることもあるから、気をつけなきゃいけないよ」

ちょっとアリー、いきなりなに言いだすんだよ……！　と生成が目を吊り上げてドアを開けかけると、

「……へ？　もう、アリーさんはにこにこしながら変なこと言って。俺なんかごついからそんな気起こされるわけないじゃないですか。……ミカさんとか管理人さんとかだったら、綺麗だからヤバいかもしれないけど」

という広野の声が聞こえ、ドキッとして思わず手を引っ込める。

……いま、聞き間違いじゃなければ、心のアイドルが俺のことを綺麗だと言ってくれたのか……？　とまたもときめきゲージが跳ね上がる。

……いやいや、アラブ人に尻を狙われかねない見てくれだと言われたんだから、ここは浮かれるところじゃなくセクハラ発言に怒らなくてはいけないところかも、と気を鎮《しず》めるためにモップをごしごし動かす。

「そうだね、生成さんとミカは美形だよね。どっちが綺麗だと思う？　個人的な意見で」

……え。アリー、なに変なこと聞いてるんだよ、やめてくれよ、心臓に悪い質問しないでくれよ、と動揺しながら耳を欹《そばだ》てる。

「……そんなこと、ふたりともタイプが違うから、どっちが綺麗とか比較はできないですよ。ミカさんは可愛い系だし、管理人さんは美人系だし」

中立的な回答を聞き、無意識に肩に入っていた力を抜く。

こんな質問に自分と答えてほしいなどとはおこがましくて言えないが、もし「ミカさんかな」と言われていたら、ちょっとショックだったかもしれない。

「……なかなか慎重な答えだね。じゃあ広野くん、話変わるけど、君の身近な友達や知り合いにゲイやレズビアンの人はいる？」

生成はぴくっとして動きを止める。

……なんでアリーはそんな話題を……、と意図がわからず眉を寄せる。

「え……」と戸惑った彼の声が聞こえ、

「……いえ、親しい友達には……、あ、けど、前のアパートの隣に住んでた人が、たぶんそうかも……、壁が薄かったんで、ちょっと最中の声とかたまに聞こえちゃって」

「えっ、ほんとに？　どんな感じだった？」

アリーの奴、なにを興味津々に食いついてるんだ、と生成はこめかみをひくつかせる。

「どんなって……、聞こえたのは隣人じゃなくて相手の声だと思うんですけど、結構可愛い声で、堪《こら》えようとしてるんだけど、すごい悦《よろこ》んでるっぽい、みたいな…ってなに言わせるんですか」

「あはは、ごめん。つい下世話な興味を。それで、そのお隣さんとは普通につきあえた？　ゲイだからって距離取ったりしちゃった？」

それは自分も彼がどう答えるか知りたい質問だったので、生成は息を潜《ひそ》めて耳を澄ます。

「あ、いえ、別にそんなことは。会えば普通に挨拶《あいさつ》とかしてました。それを知ったからって避けようとかは思わなかったです。いい人だったし、そういうのは人それぞれだと思うので。ただ、声が聞こえちゃった翌日とかに会うと、照れくさかったですけど」

やっぱり心のアイドルは偏見のないいい子だな、と改めてきゅんとする。

でもアリーはなんでゲイの話なんかするんだろう、やっぱりアリーも隠れゲイで畔上くんを狙ってるから探りを入れたとか……？　とやきもきしながらモップをごしごし動かす。

その後しばらく英語で自己紹介する普通のやりとりが続いたあと、

「じゃあ、今日はこのくらいにしようか。トルコ・コーヒーを淹《い》れるから、一服しよう」

「わぁ、ありがとうございます。トルコ・コーヒーって飲んだことないです。……その柄杓《ひしゃく》みたいな道具、なんですか？　淹れるとこ、近くで見ててもいいですか？」

「いいよ。これはカナカって言って、これにコーヒー豆の粉と砂糖と水を入れて煮立てるんだ」

「へえ、アラブ式は上からお湯をかけるんじゃなくて、一緒に沸かすんですね。……いい匂い。あ、吹きこぼれそうですよ」

「おっとっと。君の顔ばっかり見てたから、うっかりしちゃった。なんちゃってー」

「もうアリーさんは冗談ばっかし」

やっぱりアリーの奴、畔上くん狙いの本性を出してきたか……？　と生成はぎりっと奥歯を嚙みしめてモップの柄《え》を握りしめる。

「そろそろいいかな。はい、どうぞ」

「ちっちゃいカップに入れるんですね。いただきます」

「あ、コーヒーの粉が下に沈むまで待って。っていう前にすでに飲んじゃったね」

「……すいません……。うわ、口の中がジャリジャリする」

「すぐ飲むとそうなっちゃうんだよ。うがいする？」

「いえ、大丈夫です。すいません、なんかエジプト初心者がお約束でやりそうな失敗を」

「気にしないで」

アリーの猫撫で声が気に障《さわ》るけど、心のアイドルはドジっ子なところも可愛いな、と思いつつ生成はモップをシャカシャカ動かして気を鎮める。

「御馳走様《ごちそうさま》でした。美味《おい》しかったです」

……そろそろ出てきそうだから、退散したほうがいいな、と急いでモップを滑《すべ》らせて食堂の

ほうへ向かいかけると、

「広野くん、ついでにコーヒー占いしてあげようか」

とアリーの声がして生成は足を止める。

アリーめ、なにをだらだら引き留め工作を、と内心舌打ちしながらドアの前に戻ってくる。

「え？　コーヒー占いってどうやるんですか？」

「カップの底に溜まってるコーヒーの粉を使うんだけど、まずソーサーでカップに蓋《ふた》をして、願いごとをしながらぐるぐる回してから、パッと逆さにしてソーサーにコーヒーを移して、カップのほうに残ったコーヒーの形を見て未来を占うんだ。僕の伯母《おば》がコーヒー占いが得意で、子供の頃からよく見てたから、意外とそこらの占い師よりちゃんと読めると思うよ」

「へえ、すごいな、アリーさん。いろいろできるんですね。占いとかやってもらったことないんですけど、じゃあ見てもらおうかな」

生成も以前アリーに占ってもらったことがあるが、『近々大きな幸運が訪れる』と言われた三日後に道端で五十円拾っただけだったし、全然当てにならない占いだから遊び半分で聞き流せばいいよ、と心の中で助言しながら耳を澄ます。

「願いごとってなににしようかな。健康とか英語力をつけたいとかは、占ってもらうことじゃないし……」

「じゃあ、いつ恋人ができるか占ってあげようか」

またアリーは、なんでそっち方面にいちいち話を持っていくのかな……とイラッとする。

「え。もし五十年後とか出ちゃったらどうしよう。でも、試しにそれでやってもらってもいいですか？」

とカチャリとソーサーをカップに伏せた音がした。

ぐるぐる回しているらしき気配のあと、「えいっ」と掛け声と逆さにしたような音がして、「じゃあ、お願いします」とカップを渡している声がする。

「ふうむ」

もっともらしく呟きながらアリーがカップを眺めているらしく、しばしの間のあと、

「広野くん、君は『えっ、まさかこの人と俺が⁉』という意外な相手と恋に落ちるらしい。しかも、もう出会っているというお告げが出ている」

……そんなの本当だろうか、アリーの占いなんか当てにならないけど、もう出会っているなら、大学のクラスメイトとかなんだろうか、と生成は瞳を曇《くも》らせる。

「え、ほんとですか？」

「うん。それからコーヒーのお告げによると、相手は身近な場所にいる年上の美形らしい」

「ええっ⁉　マジですか……？　いや、そんなわけ……」

驚きの叫びのあと、口ごもった彼の声には、心当たりがあるような響きが感じ取れる。

……やっぱり、畔上くんには誰か好きな人がいるんだ……。

そう思った途端、胸がズキッと痛んだ。

いくら奥手の草食系でも健康な若い男子なんだから、つきあっている人はいなくても好きな人のひとりやふたりいたっておかしくはない。

おかしくはないけど、彼に好きな人がいるとわかったら、なんでこんなに悲しいんだろう、と生成は唇を噛みしめて溜息を押し殺す。

「もしかして、この下宿の誰かだったりして。広野くんから見たら、全員身近にいる年上だし。誰か好みの人いる？　僕って言われちゃうと困るけど。なんちゃってー」

アリーのおどけた声に、モップの柄でバキバキに殴る想像をしていると、

「ほんとに冗談好きなんですね、アリーさんて。……じゃあ、俺、そろそろ失礼します。今日はありがとうございました。すごく楽しかったです」

と暇《いとま》を告げる声を聞き、ハッとして慌ててドアの前から離れる。

「こちらこそ、楽しかったよ。またおいで」

急いで食堂方向に逃げる背後でカチャッとドアが開き、人が廊下に出てきた気配がした瞬間、

「おわっ」と広野の叫び声が聞こえた。

えっ、と振り返ると、視界にはずるっと滑ってマンガのように一瞬宙に浮いてからドターンと派手に転ぶ広野の姿が映る。

「ちょ、大丈夫かい⁉　なんでそんな勢いよくコケたんだ？」

「……いてて、わかんないけど、なんかすごい床がツルッとして……」

バナナの皮でもあったのかというように肘《ひじ》をついて身を起こしながらきょろきょろする広野に、

「ご、ごめん、畔上くんっ、大丈夫⁉　ワックスかけすぎたかも……！」

と生成はモップを放り出して駆け戻る。

つい聞き耳を立てながら感情に任せてごしごしやりすぎてしまった、と焦《あせ》りながらアリーと共に広野を助け起こす。

アリーはモップや液体ワックスの入ったバケツに視線を向けてから、生成の顔を見た。

「……生成さん、なぜこんな時間にワックスがけを？」

「え……、それは、最近やってなかったから……」

内心ぎくっとしながら言い訳し、生成は広野の打ち身の具合を確かめる。

「畔上くん、腰とかお尻とか強打《きょうだ》したとこ、大丈夫？　頭は打ってないよね？　ほんとにごめん、あんなに思いっきり滑るほどワックスかけちゃって。湿布とか持ってる？　うちの救急箱にあるから、持ってこようか？」

わざとじゃないけど心のアイドルに痣《あざ》ができるような真似をしてしまった……と猛省《もうせい》しながら見上げると、彼はうっすら赤くなって首を振った。

「いえ、大丈夫です、そんな強く打ってないし。……ふたりにどんくさくすっ転ぶとこを見られたのが一番痛いです……」

二十歳男子のナイーブさで、痛みよりみっともないところを見られたことのほうを気にする広野に生成は慌てて首を振る。

「そんなこと全然気にすることないよ。そもそも俺のせいだし、ちっともどんくさくなんかなかったよ。すごい潔《いさぎよ》い転び方っていうか、雄大《ゆうだい》な転び方で、スライディングみたいだったよ」

転び方までかっこいいなって見惚れそうだった、と付け足したかったたが、そこまで言うと心のアイドルのファンだとバレてしまうのでセーブする。

気に病《や》んでほしくなくて懸命にフォローすると、彼は複雑な顔つきで視線を落とした。

「……管理人さんは大人だから、この場では気を遣ってそんな風にいい感じに言ってくれるけど、きっと社交辞令で、本音では違うこと思ってたりするんじゃないかな……」

「え……？」

彼はハッとしたように「すいません、なんでもないです。おやすみなさい」と早口に言って頭を下げ、滑らないように気をつけながら急いで隣の自室に戻っていく。

パタンと閉まったドアを見ながら、いまのはどういう意味だろう、と生成は目を瞬《しばた》く。

まるで俺が口先だけの慰めを言って、本音は違うんじゃないかと疑われたみたいだけど、なんでそんなこと……、と困惑しながら思い巡《めぐ》らし、今朝の自分の言葉が原因かも、と生成は息を止める。

……もしかして、ジャドとの姫抱っこを阻止するために言った言葉が、畔上くんの姫抱っこが怖くて期待外れで全然いいものじゃなかったと俺が全否定したように受け取られてしまったのかも……。

たぶんそうだ……、でも違うんだよ、俺はただ君にほかの人を姫抱っこしてほしくなかっただけなんだ、朝謝ってくれたときに「全然気にしてないし、言われなければ忘れてた」と言ったのも大嘘で、ほんとは一晩中思い出して悶《もだ》えてたし、これからもずっと覚えてるつもりだし、すごく幸せなひとときだったんだよ、と本当のことを伝えたい。

そこまで考えて、生成はハタと我に返って眉を寄せる。

……この自分の反応は、本当に『ただ心のアイドルにミーハーしてるだけ』なんだろうか……。

畔上くんと出会ってから自分は常におかしいが、かっこよさや可愛さに浮かれたりときめくのは仕方ないとしても、ほかの人を姫抱っこしてほしくないと独占欲を抱いたり、店子たちが彼に近づくのを過度に警戒したり邪魔しようとしたりするのは行き過ぎだし、彼が未来の恋人とすでに出会っていると知ったときの落胆も、ただの心のアイドルに対する反応では済まないような気がする……。

……もしかして、俺、畔上くんのことを、恋愛的な意味で好きなのかな……。

ずっと『心のアイドル』と思い込んでたけど、本当は本気の片想いだったのかも……。

……でも、きっとそうやって無意識に『恋じゃなくアイドルのファン』と思い込もうとしたのは、彼が七歳も年下の学生で、たぶんストレートで、気持ちを認めたところでどうにもならないと自分でわかっていたからかも。

ひとつ屋根の下にいる店子に報《むく》われない片想いなんてしたら、大家としての仕事に支障を来《きた》すし、こんな気持ちには目をつぶってなかったことにしてしまわなければ。

そのとき、アリーに「生成さん？」と呼びかけられた。

生成はハッと伏せていた目を上げ、急いで微笑を作った。

「アリー、ちょっと廊下のワックスかけすぎたところを拭《ふ》き取るから、しばらく出て来ないでくれる？　アリーまで転んじゃうといけないから」

無理矢理アリーを部屋に戻し、急いで雑巾《ぞうきん》を取ってくる。

力を入れて廊下のワックスをこそぎ取りながら、もしまだこんな気持ちに気づかなければ、もうすこし『心のアイドル』のファンを楽しんでいられたのかな、と生成は淋しく思う。

でも、ただのファンをやめるのと、本気の失恋をするのとでは胸の痛みが全然違うから、まだ深入りする前でよかったかもしれない。

これからは本当にただの大家と店子のビジネスライクな関係に徹しよう。

元々こっちが心の中で勝手に騒いでただけなんだし、俺が平常心に戻れば事足りる。

ずっと縁遠いまま生きてきた恋愛下手の生成にとって、恋を認めて足掻《あが》くより、気持ちに蓋《ふた》をしてしまうほうが楽だった。

＊＊＊＊＊

ここしばらく、生成《きなり》さんに距離を置かれているような気がする。

表面上は変わらず優しく接してくれるが、なんとなく見えないバリアが張られているような心の距離を感じる。

先日、アリーに英語を教わった帰りに廊下で派手に転び、たまたま目撃していた生成さんに「みっともなくないし、恥ずかしがることないから」とフォローされ、本当はありがたかったのに、つい姫抱っこの件を思い出して拗《す》ねたことを言ってしまった。

すぐ反省して翌朝謝ったら、「こちらこそ、昨日はごめんね。奥様運びのことで誤解を招くような言い方して。畔上《あぜがみ》くんの姫抱っこはほんとに怖くなかったんだけど、また大会を開催されて苦情が来たら困ると思って、あんな言い方しちゃって」と謝られ、一応和解したはずだった。

でも、そのあたりから生成さんの態度に薄い壁ができてしまったような気がしてならない。食堂に行けば笑顔で挨拶《あいさつ》してくれるし、食事も相変わらず美味《おい》しく、みんなとの雑談に笑ったり突っ込んだりもするし、「行ってらっしゃい」も「おかえり」も言ってもらえるし、急に雨が降ってきたら洗濯物を取り込んでおいてくれたり、前と変わらず細やかな気遣いをしてくれるのに、どこか一本線を引かれているような遠さを感じる。

あからさまに避けられているわけではないが、心理的には避けられているような気がして、自分も以前のように無心に近寄って行きづらい。

ミカたちにもなんとなくぎくしゃくしているように見えるのか、しきりに「広野《こうや》くん、今晩餃子《ギョーザ》なんだって。私、フランス人で包み方がよくわからないから、生成さんを手伝ってあげてよ」とか「広野くん、背が高いから時計のねじ巻き替わってあげたら？　いまやってるよ」とか「広野くん、暇なら草むしりを一緒にやってあげてくれませんか」などと声をかけてくるので、その言葉に後押しされて生成さんに申し出ると、にこっと笑って「ありがとう。でも大丈夫だよ、ひとりでやれるから」ときっぱり言われてしまう。

……俺、生成さんに嫌われちゃったのかな……。

広野はさっきから一行も進んでいない月曜までのレポートの画面を開いたタブレットＰＣの上に突っ伏して小さく呻《うめ》く。

アリーにコーヒー占いをしてもらったとき、『まさか自分とこの人が？』と驚く意外な相手と恋に落ち、その人は身近な年上の美形だと言われたとき、即座に心に浮かんだのは生成さんだった。

そんなことありえない、とすぐに否定したが、もし万が一本当だったらどうしよう、と想像するだけで胸がドキドキして、相手が同性だということはたいしてネックとは思えなかった。

占いなんて信じないけど、もし本当だったら、生成さんと恋に落ちるのかもしれない、そうだったら嬉しいかもしれない、だって俺のほうはもう落ちてるかもしれないから、と思ったのに、ただの俺の願望に過ぎなかったのかも……。

……たぶん、俺は生成さんに「大家さん」として以上の好意を抱いていると思う。

彼といると胸が騒ぐのも、アリーたちとの親密さに妬《や》きたくなるのも、きっとこの気持ちが恋だからだと思う。

でも、俺が同性に恋できる質《たち》だったとしても、生成さんは違うだろうし、なんとなく遠ざけられてるのに、占いどおり彼と恋がはじまるわけがない。

深い溜息をついたとき、コンコンとノックの音がして、「広野くん、ちょっといいかい？」とアリーの声が聞こえた。

今日は金曜日で、アリーは今夜から夜行バスで土日にかけて旅行に行くと食堂のホワイトボードに書いてあった。

立ち上がってドアを開けると、廊下にはアリーだけでなく外国人チームが揃っており、全員小旅行用の鞄《かばん》と楽器ケースをそれぞれ手にしている。

「あれ、どうしたんですか、お揃いで」

部屋に招き入れながら問うと、三人はベッドに並んで座り、アリーが足元にウードのケースを置きながら言った。

「いまから福島に出かけるんだけど、今回はボランティアツアーで、震災で地元を離れて暮らす方たちに職場で集めた寄付を届けて、有志《ゆうし》の演奏会に出るんだ。元々僕だけで行く予定だったんだけど、誘ったらミカとジャドも演奏会に出てくれるっていうから、三人で行ってくるね」

「あ……そうだったんですか」

アリーはよく日本の伝統工芸の職人の取材などで地方に行くので、今回も仕事関係の出張かと思っていた。

ムスリムの人たちは喜捨《きしゃ》という行為を日々の礼拝と同様に行い、困っている人々や貧しい人々に年収の二・五％を寄付して、現世で善行《ぜんこう》を積んで来世《らいせ》で天国に行くことを願うとアリーに聞いたし、ミカとジャドもクリスチャンでボランティア精神が根付いているのかもしれない。

この人たちは普段よくおちゃらけたことを言ったりやったりしてるけど、やっぱり尊敬できる素敵な人たちだ、と改めて思いながら、広野は急いで鞄から財布を取り出し、中に入っていた千円札をすべて抜いてアリーに差し出す。

「すいません、直《じか》で。すこしなんですけど、これも寄付の足しにしてください」

自分の国の災害で避難を余儀《よぎ》なくされている人への手助けを他国の人の善意に頼るだけではいけない、と思いながら手渡すと、アリーは笑顔で受け取った。

「ありがとう。確かに届けるからね。今回はレポートで忙しそうだから誘わないけど、よかったら今度は一緒に行こうね」

「はい、是非。……でも楽器はリコーダーしか吹けないんですけど」

と言うと、「お話を傾聴《けいちょう》するだけでも心の慰めや癒《いや》しになるのではないかと」と言いながら、ミカが膝に載せていた大きなピンクのペーパーバッグを抱えて立ち上がった。

「それで、出発前にお邪魔したのは広野くんに頼みがありまして、このプレゼントを明日の夜、生成さんに渡してほしいんです」

バッグの中には大小のピンクの包装紙でラッピングされたプレゼントがいくつも入っており、なんでピンクなんだろうと思いながら、

「それは構いませんけど、いま出かける前に本人に直接渡していけば……」

と言いかけると、「ダメなの、明日の夜じゃないと」とジャドが日時を強調する。

日付を限定するということは、誕生日なのかも、と思い当たる。

「これ、管理人さんのバースデープレゼントなんですか？」

マズい、知らなかったからなんにも用意してない、と焦《あせ》りながら問うと、ミカが首を振った。

「いいえ。生成さんの誕生日は十一月二十五日です。随分先なので、論文に間に合わな……じゃなくて、とにかく明日の夜に手渡して、必ず広野くんの立ち合いのもと、開けてもらうようにしてください。よろしくお願いします」

「……はぁ、わかりました」

奇妙な指定に戸惑いつつ、「では、行ってきます」と部屋を出て行くミカたち三人を玄関先まで見送る。

生成さんも見送りに出て来て、

「行ってらっしゃい。気をつけて。夜の電車は酔っ払いが多いし、ミカとジャドに痴漢してくる奴がいると困るから、アリーがよく見張っててね。英語でべらべらしゃべってればビビッて寄ってこないかもしれないけど。あと高速バスもスリとかいるみたいだから、寝てる間も手荷物はしっかり管理するんだよ。日本は安全って過信してると嫌な思いするかもしれないから」

と細々《こまごま》注意する。

「大丈夫ですよ、やっぱりお母さんみたいですね。行ってきます」

三人は笑って手を振り、玄関を出て行く。

バタンとドアが閉まると、急に玄関内が静まり返る。

外国人チームはアリーの出張のほかにも、ジャドも兵庫まで宝塚の舞台を観に行ったり、ミカも牛久《うしく》大仏や高崎観音《たかさきかんのん》など巨大仏を見に行くマニアックな旅に出たりするので、いままでも誰かしらいないことはあったが、三人揃って不在になる週末は初めてだった。

生成さんはドアの鍵を閉めながら、やや早口に言った。

「みんないなくなっちゃったね。最初アリーだけって聞いてたのに、深夜バスのキャンセルチケットが取れたんだって。ボランティアはありがたいことなんだけど、いつも思い立ったが吉日なんだよね、あの人たち。でも、静かだから、畔上くんのレポートもはかどるかもしれないね」

言外に早く部屋に戻って勉強しろと言われているのかもしれないと思ったが、広野はなんとか会話を引き延ばす。

「あの、アリーさんがウードでさだまさしの曲弾いてくれたのは聞いたことあるんですけど、ミカさんたちも楽器ができるんですね。ミカさんのケースはバイオリンってわかったけど、ジャドさんはなんの楽器なんですか？」

「ジャドはフルート。ジャドはあれでお嬢様だから、ピアノとかバレエとかいろいろ習ってたらしいよ。あとフィンランドはジャズとかオペラとか国際的な音楽イベントが多くて、素人《しろうと》でも楽器の上手な人が多いんだって。ミカも小さい頃からバイオリン習ってたって言ってた」

「へえ、エアギターだけじゃなく、本物の演奏もうまいんですね、フィンランドの人って」

生成さんはくすりと笑い、

「よく街頭で弾いてる人たちもプロ級の腕前なんだって。……そういえばジャドに聞いたんだけど、パリでは走ってる車両の中で歌ったり演奏したりする地下鉄ミュージシャンがいて、結構小銭を稼《かせ》ぐらしいんだけど、違法だから拍手とかお金とかで『音楽家を勇気づけないでください』って車内に注意書きがあるんだって」

「ほんとですか？　『閉まるドアにご注意ください』より面白い注意書きですね」

久々に長く話せて嬉しいと思いながら笑って返事をすると、生成さんはふと口を噤《つぐ》み、

「……余計なおしゃべりして勉強の邪魔しちゃいけなかったね。じゃあ畔上くん、レポート頑張って。畔上くんが部屋に入るの見届けてから電気消すから」

と壁のスイッチに手をかけて、有無《うむ》を言わせぬ笑顔で部屋へ帰るように促《うなが》される。

全然余計じゃないし、邪魔じゃないし、もっと話していたいのに、と思いながら、言えずにすごすご部屋へ戻る。

渋々レポートを片付け、翌朝目覚めると朝から空はどんよりとした曇天《どんてん》だった。

まるで自分の気持ちみたいな空模様だ、と思いながら折り畳《たた》み傘《がさ》持参で大学へ行く。

留学前に取れる単位はすべて取るつもりで土曜日もびっちり詰め込んでいるので、四コマ目を終えて外に出ると、空は夕方とは思えない暗さで本降りの雨になっていた。

遠くでごろごろ鳴る雷鳴を聞きながら駅まで行き、降車駅で降りると、さらにゲリラ豪雨のようなものすごいどしゃぶりで、しばらく改札で雨脚が弱まるのを待ってみたが、まるでその兆《きざ》しがないので走って帰ることにした。

強風に傘を細めて頭だけ庇《かば》いながら、ほぼ全身濡れ鼠《ねずみ》で石花荘《いしはなそう》に帰りつくと、生成さんがタオルを持って玄関まで駆けてくる。

「おかえり、大丈夫だった？　ひどい天気になっちゃったから心配してたんだ。これで拭《ふ》いて」

「ありがとうございます、お借りします。……あー、たぶんパンツまでびちょびちょっぽい」

タオルで顔を拭き、濡れたシャツの上から身体をざっと拭《ぬぐ》う。

ジーンズの裾《すそ》からはぽたぽた雫《しずく》が零《こぼ》れて小さな水溜まりを作るほどで、一度絞《しぼ》らないとマズいかも、と広野は上がり框《かまち》にいる相手に言った。

「あの、管理人さん、すいません、ちょっとここでパンイチになってもいいですか？　このまま部屋までいくと廊下が濡れちゃうと思うので」

こっぱずかしいが、自分ひとりのアパートだったら即脱ぐほどの濡れ方だったたし、掃除の負担になるといけないのでそう申し出ると、「……え」と彼は目を見開き、視線を泳がせて早口に言った。

「……う、うん、いいけど。俺、あっちに行ってるね。お風呂沸いてるから、直接お風呂場に行って入っちゃって。……あ、さっき俺も買い物に行った帰りに濡れちゃって、先に入らせてもらったから、一番風呂じゃないんだけど……」

「全然構わないです。冷えちゃったんで助かります」

笑顔で礼を言うと、彼は「……じゃあ、また夕飯のときに」とくるっと身を翻《ひるがえ》して自室のほうへ行った。

その後ろ姿を目で追いながら、別に冷たくされてるわけじゃないし、こんなに親切にしてもらってるのに、なんでやっぱり避けられてる気がしてしまうんだろう、と思いながら、玄関内でずぶ濡れの服を脱ぎ、パンツ一丁で玄関ドアを開けて外で絞ってから、風呂場へ向かう。

服とパンツを洗濯機に入れてから浴室に入ると、床や壁の水滴は軽く拭いてあったが、ほんのり人が使ったあとのぬくもりが空気に残っていた。

自分の風呂道具を部屋から取ってこずに直行してしまったので、「お借りします」と一応断ってから彼のシャンプーやボディソープを借りて髪や身体を洗わせてもらい、湯船に浸《つ》かる。

窓の外は台風並みの暴風雨と雷だったが、熱い湯に浸かって雨に濡れた身体を温めていると、じんわり幸せな気分になる。さらに無許可だが生成さんと同じ香りに包まれていると思うと嬉しくてテンションが上がる。

肩まで浸かりながら、ふと、いま自分が浸かっているこのお湯に生成さんも裸で入ったんだ、と思ったら、ドクンと鼓動が跳ね、湯の中の息子までもぞっと微妙な揺らぎを見せる。

おい、馬鹿、なに考えてんだ、中学生か俺は、と焦《あせ》って己を叱咤《しった》しつつ、広野はしばしの間の後、そろそろと身を沈めてぶくっと鼻まで湯に浸かる。

数秒そのまま息を止め、無意識ににまっと笑いかけた瞬間、フッと突然視界が闇に包まれた。

「!?」

ばしゃっと顔を上げ、真っ暗な浴室で広野は目だけきょろきょろさせる。

……まさか、俺が煩悩に抗《あらが》えずにこっそり変態的なことをしていたのが生成さんにバレて、罰として電気を消されてしまったんだろうか、と動揺してありえないことを想像してしまう。

暗闇の浴槽にしゃがんだまま無言で狼狽《うろた》えていると、外でゴウゴウと吹き荒れる風雨のせいで電線が切れたのかもしれない、と妥当《だとう》な理由を思いつく。

まだお湯も温かいし、また点《つ》くまでこのままじっとしていようかとも思ったが、真っ暗で落ち着かないので、広野は手探りで湯船の縁《へり》を摑んで立ち上がった。

慎重に洗い場に降り、片手を前に伸ばしながら歩を進めて風呂場の入口まで辿《たど》りつき、手探りでスライドドアを開けたとき、パタンと脱衣室の扉が開いた音がした。

急に現れた眩《まぶ》しい光に目を眇《すが》めると、

「畔上くん、大丈夫？　停電に……わぁっ！」

と懐中電灯を持って入ってきた生成さんが叫んだ。

なぜかタオルで隠してもいない下腹部にライトが向けられており、全裸でぎょっと固まる。

彼は急いで洗濯機の上に懐中電灯を載せて出ていき、ドア越しに慌てた声で言った。

「ご、ごめん、畔上くんっ、わざとそこ照らしたんじゃなくて、たまたま手に持ってた位置が丁度そこにっ……そ、それに一瞬しか見てないし、別に覗きに来たわけじゃないからっ……！」

「わ、わかってます、すいません、こちらこそ、隠しもせず……」

今頃タオルで隠しながら答えると、

「ううん、一応ノックもして声もかけたんだけど、小さかったみたいでほんとにごめん。……えっと、その、嵐でこの辺一帯停電しちゃったみたいで、ブレーカー弄《いじ》っても点かないんだ。いつ復旧するかわかんないから、その懐中電灯持って部屋まで移動してくれる？」

「わかりました。ありがとうございます、わざわざ持ってきてくれて」

ドア越しに礼を言うと、「ううん、ほんとにごめんね、ほんとに一瞬しか見てないからね」と何度も繰り返してパタパタ廊下を駆けていく音がする。

……ビビッた。停電にも驚いたけど、生成さんに素っ裸を見られてしまったことのほうがめちゃくちゃビビったし恥ずかしい、と赤面して両手で顔を覆《おお》う。

しかも局所をスポットライト状態に照らされて……、と照れ死にしそうに悶絶《もんぜつ》し、ハッとして指の間から下半身を確かめる。

お湯の中で反応しかけたままだったらマズい、と焦ったが、停電と生成さんに踏み込まれた衝撃で息子は大人しくなっていた。

不幸中の幸いにホッと胸を撫で下ろしながら濡れた身体を拭き、腰にタオルを巻いて懐中電灯を持って廊下に出る。

急いで自分の部屋に戻り、部屋着に着替え、私物の懐中電灯や非常時用の蠟燭《ろうそく》を探す。

あんなところを見られたあとで、また夕飯で生成さんと顔を合わせるのは死ぬほど照れくさすぎる、としばらくもじもじ悶々《もんもん》としたのち、でもしょうがない、生成さんに借りた懐中電灯を返さなきゃいけないし、ミカたちに頼まれたプレゼントも渡さなきゃいけないし、もう何事もなかったフリでとぼけよう、と心を決めてペーパーバッグと懐中電灯を持ってドアを開ける。

廊下に出ると、いつのまにか両端に間隔《かんかく》を開けて小さなキャンドルが道を照らすように点々と置かれ、食堂からもほんのり薄明かりが漏れているのが見える。

懐中電灯がなくても安全に歩ける光量だったので、キャンドルの火を頼りに食堂に行くと、食卓や居間のローテーブルの上にも蠟燭が灯《とも》り、停電対策なのにクリスマスや特別なディナーのようなロマンチックな雰囲気を醸《かも》し出していた。

彼は台所にいるらしく、音が聞こえたので、プレゼントを椅子に載せて台所まで近づき、「管理人さん」と声をかけると、蠟燭の灯《あか》りでおにぎりを作っていた彼がこちらを見た。

「あ、畔上くん、えっと、ガスはつくんだけど、今日の夕飯はもうおにぎりとカップスープで我慢してもらってもいいかな」

「はい、もちろん。……あの、廊下や食堂の蠟燭、綺麗ですね」

「あ、うん、前にミカがフィンランドは真冬だと四時間くらいしか日照時間がなくてずっと暗いから、電灯のほかにも部屋の中でよく蠟燭を灯すって言ってたから、真似してみたんだ」

「へえ、なんかすごくロマンチックな感じだから、しばらく復旧しなくてもいいかもって思っちゃいました」

彼は小さく笑ってから、急にキビキビした声で言った。

「畔上くん、このおにぎりのお皿運んでもらっていい？　俺、スープとお茶持ってくから」

「あ、はい」

彼はいま握っていたおにぎりに海苔《のり》を巻いて皿にのせ、ふと右手の小指の付け根あたりに付いていた米粒をぺろっと舌を伸ばして舐《な》めとった。

なにげない仕草なのに、蠟燭の灯り越しに見たそれがなぜかひどくエロチックに感じられ、ドキッとした。

こら、馬鹿、さっきから俺はなにを考えてるんだ、風呂場で妄想するくらいならバレないけど、面と向かって邪《よこしま》なことを考えたら伝わっちゃうかもしれないだろ、と焦って目を逸《そ》らし、急いで皿を持って踵《きびす》を返す。

食堂のテーブルに置くと、生成さんがお盆にスープと緑茶と漬物をのせて戻ってきて、

「……こんなキャンドルの灯りで食べるようなメニューじゃなくてごめんね」

と苦笑しながら言った。

「とんでもないです。なんかイベント感あって楽しいです。おうちピクニックみたいで」

最前の邪念を誤魔化すように、殊更《ことさら》子供ぶって健全なことしか考えていないフリをする。

生成さんが席に着きかけて、「ネットラジオでも流そうか」と言ったが、なにもないほうがたくさんおしゃべりしてくれるかも、と「いえ、いいです。バッテリー無駄にしないほうがい

いし」と即座に遠慮する。

ふたりでおにぎりを食べながら、

「アリーさんたち、大丈夫ですかね。向こうも大雨なのかな」

「さっきアリーたちのツイッター見たら、向こうは降ってないって。豪雨はこっちだけみたい」

「そうなんだ、よかったですね。エジプトってあんまり雨降らなさそうだから、こっちの大雨とかぎょっとしちゃうんじゃないですかね」

「そうだね、アリーは台風も雹《ひょう》もドカ雪も日本で初めて経験したって言ってた。向こうではその代わりハムシーンっていう春先の砂嵐が大変らしいよ。沙漠から吹く風で下向かないと歩けないくらいで、砂で街が茶色に染まって、太陽もオレンジ色に霞《かす》んで、視界が遮《さえぎ》られて空港が閉鎖したり、紙くずやシャツやズボンまで宙を舞ったりするんだって」

「へえ、聞いてるだけで目が痛くなりそうですね」

そんな他愛《たわい》もないおしゃべりをしながら、もうすぐ食べ終わっちゃうけど、まだこんな風に話をしていたいな、と思ったとき、ふと隣の席に置いたプレゼントの存在を思い出す。

これがあった、と広野は急いでピンクのペーパーバッグを手に取る。

「管理人さん、実はこれ、ミカさんたちから預かったプレゼントなんです。今夜渡してくれって昨日頼まれて。それでなんでかよくわかんないんですけど、俺もプレゼントを開けるとき一緒にいろって言われました」

生成さんは戸惑い顔で受け取り、

「……なんだろう、誕生日でもないのに。それに畔上くんの前で開けろって、なんか変な悪戯《いたずら》でも仕組んでたりして」

と若干《じゃっかん》疑わしげな様子でペーパーバッグからプレゼントを取り出す。

薄くて大きい包みや、丸くて立体的な包みなど大小四つのプレゼントのすべてに赤いカーネーションのシールが貼られている。

「これ、母の日のプレゼントっぽいけど……なんで俺に」

生成さんの訝《いぶか》しげな呟きに、広野は納得して頷く。

「そっか、明日は母の日でしたね。みんな管理人さんのこと、『日本でのお母さん』って慕《した》ってるから、感謝の気持ちなんじゃないですか」

でも母の日当日なら明日なのに、なんで今夜って指定したのかな、と意図がわからなかったが、クリスマスイブとか万聖節《ばんせいせつ》の前日のハロウィンみたいに向こうの人たちには一日前も大事なのかもしれない、と勝手に推測する。

俺もなにか生成さんにプレゼント贈りたいな、明日の母の日はじっくり選ぶ余裕がないから間に合わせのものになっちゃうけど、十一月の誕生日は絶対いいものをあげたいな、とひそかに思っていると、

「……お母さんって言われても……、『兄』や『父』でいいんだけどな」

と生成さんが苦笑する。

あまり『お母さん』という評価をよく受け取っていないようなので、

「でも、みんなは『お母さんみたい』って、誉《ほ》め言葉で使ってると思いますけど。うちの場合は、母が料理得意じゃなくて、父が料理担当なので当てはまらないし、『～みたい』って型に嵌《は》めたイメージ押しつけるのはよくないかもしれないけど、みんないい意味で言ってると思いますよ」

優しくて、綺麗で、細かい気遣いに長《た》けてて、そういうところが『生成さんらしくて素敵だ』という意味で言ってると思いますけど、と心の中で付けたしながら力説する。

生成さんは目を瞬き、

「……そうかな。じゃあ誉め言葉と思うことにして、なんかそういう指示みたいだから、ここで開けさせてもらうね」

と包みのひとつを手に取った。

ラッピングを丁寧に解《ほど》いて開く手元を蠟燭の灯り越しに見ていると、最初の長い包みはエッフェル塔の形をした瓶《びん》に入った青みがかったお酒で、ハート型のメッセージカードがボトルネックに掛かっている。

生成さんはメッセージカードを外して蠟燭の灯りに近づけ、

「『Ｄｅａｒ生成さん♡　このお酒は「パルフェ・タムール（完全な愛）」という名のスミレの

リキュールです。「飲む香水」とも言われ、十八世紀フランスでは……』えっと、なんかジャドがふざけて書いた手紙みたい」

と途中で読むのをやめてしまう。

続きはなにが書いてあったんだろう、と思いつつ、

「でも形がかっこいいから、飲み終わってからも飾れますね。すごい綺麗な色だし、スミレのお酒ってどんな味なのかな。きっと美味しいんでしょうね」

と言うと、「さあ……」と彼は歯切れ悪く首を傾げ、次の包みに手を伸ばした。

出てきたのはメイド風の白いフリルつきのエプロンで、生成さんは呆れ顔でぼやく。

「……なんでここまで実用的じゃないエプロンを選ぶのかな……」

「可愛いから、もしかしてミカさんの趣味ですかね。……あれ、でもこれ、ちょっと丈が短くないですか？　子供用なのかな」

よく検証しようとすると、「もういいよ、これはミカに返すから。自分が着たいんだと思うし」と彼はペーパーバッグに戻してしまい、次の包みを開ける。

次のプレゼントは写真集らしく、『ＢＬポーズ集』というタイトルの下に裸エプロンの男子の表紙が見えたと思ったら、生成さんはまたバッとペーパーバッグに一瞬で戻してしまった。

「……たぶん、いまのもジャドが自分用に買ったのを間違えて入れたんだと思う。ジャドってそそっかしいとこあるから」

「……はぁ」

確かにジャドの部屋にはそういうマンガがいっぱいあって、英会話を習いに行ったときに見せてもらったことがあるけど、ラッピングまでして間違えるかな、と思っていると、彼が嫌そうな顔つきで最後のプレゼントを開けた。

薄くて丸い三十センチ大の包みを開くと、中に入っていたのは二枚の銀色のトレイだった。

「……なにこれ」

「……お盆、じゃないでしょうか」

見たままを答えると、生成さんはキィッと喚《わめ》いた。

「なんなんだ、この意味不明のプレゼントの数々は！　わけわかんないものばっかり……、ほんとにうちの店子《たなこ》たちはなに考えてんだか……！」

容赦《ようしゃ》なくお盆をペーパーバッグに戻し、エッフェル塔型の酒瓶も摑んで戻そうとした彼に広野は言った。

「あの、もしよかったら、そのスミレのお酒、俺にも味見させてもらえませんか……？」

もし生成さんも一緒に飲んで酔っぱらってくれたら、お盆のかくし芸を俺にも見せてくれるかもしれない、と咄嗟《とっさ》に浮かんだ野望に目が眩《くら》んで頼んでみる。

生成さんは「え……」と口ごもり、

「……でも、これは……、それに畔上くん、レポートやらなきゃいけないんだよね……？」

と婉曲《えんきょく》に拒否する言葉に、「いえ、もう昨日終わらせたから大丈夫です」と外堀を埋める。

「管理人さんへのプレゼントなのに、俺が味見したいなんて図々しいんですけど、ミカさんたちもいないし、つられてがぶ飲みしたりしませんから。『飲む香水』ってどんな香りか興味あるし、限りなく薄めた一杯だけでいいんですけど。前に禁酒しなくてもいいって言ってくれたじゃないですか。……絶対ダメですか？」

野望を秘めて熱心に懇願《こんがん》すると、彼は困ったように瞳を揺らし、かなり躊躇《ちゅうちょ》したあとに、

「……じゃあ、ほんとにちょっとだけだよ」と念を押して渋々頷いてくれた。

生成さんが停電中の冷蔵庫から炭酸水を取ってきて薄めに作ってくれたスミレのリキュールのソーダ割りは淡い綺麗な紫色で、花と柑橘類《かんきつるい》とハーブの香りがした。

食卓よりあっちで飲もうか、と促され、でもテーブルに銀のお盆が、と思いつつ、持っていくこともできずにソファに移動する。

「じゃあ、乾杯。って、なにに乾杯なんだか」

苦笑する生成さんに「母の日イブと、停電記念ってことで」ともっともらしいことを言って、グラスをカチンと合わせる。

「へえ、これが『飲む香水』の味なんだ。うん、甘くて飲みやすいですね」

本当に限りなく薄められていたので、こくこく飲んでいると、生成さんがじっとこちらを見つめて、

「……大丈夫？　なんか気分が悪くなったりしてない……？」

と心配そうに言った。

ちょっと過保護だな、と笑って首を振り、

「全然です。今日は酔って姫抱っこして家じゅう走り回ったりしませんから、管理人さんも安心して飲んでください」

と彼のグラスにトポポと勝手に注《つ》ぎ足す。

「ちょっ、こら、注がなくていいから。もし俺が酔って変なことになっちゃったら困るだろ、君だって」

むしろ変なことになって踊ってほしい、と願いながら首を振る。

「別に全然困らないです。これ美味しいから、俺ももうちょっと飲んでもいいですか？」

「……もう、明日二日酔いになっても知らないよ？」

「平気です、日曜日だし」

外の嵐は続いているが、居間はキャンドルが揺らめき、生成さんとふたりきりで美味しいお酒を飲んでいるという幸せを噛みしめ、グラスを口に運ぶ。

しばらくふたりで雨と風の音を聞きながらスミレリキュールを酌《く》み交わしているうち、相手のガードがなんとなく緩《ゆる》んできたような気配を感じた。

口元にうっすら楽しげな笑みが浮かび、薄い肩を軽くゆらゆら無意味に動かしたり、酔いが回ってきたような兆《きざ》しが見えはじめ、広野は期待に顔がにやつくのを隠せなくなってくる。

秘めた野望が顔からバレてはいけない、となんとか表情を引き締め、ミカたちにいろいろ探りを入れて仕入れた情報を振って誤魔化《ごまか》す。

「……えっと、管理人さんって、前はサラリーマンだったそうですね」

「うん、そうなんです、実は」

「けど、なんか下宿の仕事してる管理人さんしか見たことないから、あんまりスーツ着て働いてる姿がイメージ湧かないんですけど」

生成さんのいない石花荘は想像できないのでそう言うと、彼はちょっと口を尖《とが》らせて、

「失礼な。これでも一応バリバリやってたんだよ？」

と以前の勤務先を口にした。

「えっ、すごい大手じゃないですか。知らなかった。エリートリーマンだったんですね」

と目を瞠《みは》って尊敬の眼差しを向けると、

「いやいや、全然。三年で辞めちゃったから、ただの落伍者《らくごしゃ》」

と彼は風でも起こせそうな勢いで片手を振って卑下《ひげ》する。

でも辞めて管理人業に従事してくれたおかげで出会えたし、俺にとっては辞めてくれてラッキーでした、と言いたかったが、露骨《ろこつ》な告白になってしまうので思いとどまる。

でも、なんとかこの片想いに可能性があるかどうか探りを入れて、伝えられないだろうか、

と広野は薄紫色の液体を飲みながらひそかに思案し、「……管理人さん」と呼びかけた。

「……あの、俺…の友達の話なんですけど、初めて好きな人ができて、コーヒー占いで恋人になれるかもって言われて、そうなったらいいなって思ってるんですけど、実は、その相手も男性なんです」

まずは友達の恋愛相談という態《てい》を取り、生成さんの同性との恋愛許容度を測《はか》ってみる。

「……え？　……あ、そう、なんだ……」

彼は驚いたように数回目を瞬かせたが、強い拒絶反応ではなさそうに見えたので、もうすこし友達設定で探りを続ける。

「そいつはもう、相手さえいいって言ってくれたら、性別は問題じゃないって思ってて、告白したいらしいんですけど、相手がそういうタイプじゃなかったら迷惑かもって躊躇してて……、それで、例えばの話なんですけど、もし管理人さんだったら、男に恋されたりしたら、どんな気持ちになりますか……？」

もしそんなに嫌悪感が強い返答じゃなければ、自分の気持ちを打ち明けようと固唾《かたず》を飲んで答えを待っていると、生成さんはしばらく沈黙したのち、手にしていたグラスに目を落として物憂《ものう》げに呟いた。

「……やっぱりいい大家さんぶってると、そういう相談されちゃうんだなぁ……。畔上くんの……『お友達』が好きな相手は俺じゃないんだから、俺だったらどう思うかなんて聞いても、なんの参考にもならないと思うんだけど」

いいえ、なります、だってほんとは友達じゃなくて、俺のことだから、と喉まで出かかったとき、彼が言葉を継いだ。

「俺だったら嫌じゃないよ。だって俺がずっと恋されたかった相手は男だから。俺、ゲイだし」

「……え」

そんな直球で聞けるとは思っていなかった性指向を告げられ、一瞬目を瞠る。

彼はハッと息を飲み、慌てて付け足した。

「あの、その相手って、前の職場の先輩だから。すごくかっこよくて仕事もできて、ずっと憧れてて、彼みたいになりたくて頑張ってたら、身体壊しちゃったんだけど、すごく好きだったから、辞めるとき、かなり迷ったし……」

二度目の衝撃発言に広野は固まる。

生成さんにはサラリーマン時代からずっと想っている相手がいたのか、と初耳の事実を知り、告白する勇気が粉々に潰《つい》える。

仕事で尊敬する相手に惹かれたという彼に、自分のようなまだ何者でもない年下の大学生が告白したところで相手にしてくれるわけがない。

今更さっきの「友達」の話は実は自分のことで、あなたのことが好きなんです、とはとても言い出せなくなり、伝える前に行き場を失くしてしまった恋心を抱えて悄然《しょうぜん》としていると、彼が小さな声で言った。

「……ねえ、畔上くんの『友達』の好きな人って、どんな人……？」

正直に言いたかったが、「……ちょっと、目とか管理人さんに似てるかも……」と遠回しに濁《にご》すのが精いっぱいだった。

「……へえ」とやはり伝わるわけもなく彼は素っ気なく呟いて、グラスに口をつけて黙り込んだ。

しばらく気まずい沈黙が続いたあと、彼は突然瓶を取り、広野が手にしていたグラスにリキュールを縁《ふち》まで注いだ。

驚いて目を上げると、蠟燭の炎に揺らめく相手の表情は、どこかいつもの彼とは違って見えた。

「……畔上くん、それ、全部飲んで。一気飲みじゃなくて、ゆっくりでいいから」

「え……、あ、はい……」

相手に濃いまま飲むよう勧められて戸惑いつつも、失恋直後で酔いたい気分も手伝って、広野は言う通りにグラスを干す。

ローテーブルに空《から》になったグラスを置くと、それを合図のように生成さんは前屈《まえかが》みに身を倒してフッと蠟燭を吹き消した。

ソファの周りが仄暗《ほのぐら》くなり、もうお開きと言われるのかと思ったら、彼は黙って立ち上がり、こちらに歩いてきて隣に掛けた。

アリーのような密着度の高い座り方に驚いて見返すと、彼は酔ったミカのような支離滅裂《しりめつれつ》なことを言った。

「畔上くん、俺とキスしてくれないと殺すって言ったら、できる？　できるか、できないか、二択で答えて」

「……」

相手の意図がまるでわからず混乱する。

先輩への片想いを語った同じ口で、なぜ自分にそんなことを言うのか納得いかず、広野は眉を寄せる。

「……酔ってるんですか……？」

からかっているなら趣味が悪い、とすこし咎《とが》める口調で言うと、彼は「そうだよ？」と悪びれずに答え、肩に両手をのせて顔を近づけ、フッと唇にスミレの香りの吐息を吹きかけてくる。

彼は秘密を打ち明けるように声を潜《ひそ》めて囁いた。

「……あのお酒、昔は媚薬《びやく》として使われたんだって」

「え……」

「俺は効いてきちゃった……。君にもいっぱい飲ませたのに、全然効いてこない……？」

媚薬なんて言われなければ何も感じなかったが、相手がそんな気分になっているという言葉に媚薬効果を覚える。

彼はさらに唇を近づけ、

「……ねえ、俺とはキスできない？　好きな人がいるから？　でも俺に似た人が好きなのは、君の『友達』なんだよね？　……俺の片想いの相手も、ちょっと君に似てるから、酔って相手を間違えたことにしない？　ふたりでポッキーのないポッキーゲームしようよ」

酔ってわけのわからないことを言いだすキス魔に迫《せま》られるのはこれで二人目だったが、この誘惑者を退《しりぞ》けるのは至難《しなん》の業《わざ》だった。

できるかできないかの二択なんて、考えるまでもなく決まってるけど、生成さんにはほかに好きな人がいるのに、と唇を嚙みしめる。

「……そういう遊びはほかの人とやってください」

いくら好きな相手とキスできる千載一遇《せんざいいちぐう》のチャンスでも、なけなしの意地を張る。死ぬほどもったいないが、誰かの代用品としてならしたくなくて拒《こば》むと、彼は駄々っ子のようにわめいた。

「本命とは両想いになってからいくらでもすればいいだろ！　いまだけ俺としてよ！」

彼は一瞬泣きそうな表情を浮かべ、強引に唇を押しつけてきた。

「んっ……！」

自分にとっては正真正銘片想いの本人とのキスだったから、戸惑いつつもときめかずにはいられなかった。

引き結んでいた唇を舌で舐められたら、抵抗できずに即降伏して開門してしまう。前にミカがアリーにしていたように上唇と下唇をそれぞれ唇で挟まれ、飲む香水を纏《まと》った舌で口中を甘く舐められる。

「……ン、……ンンッ……ぅん……」

軽いキスもしたことがないのに、舌を入れるキスなんて初めてでクラクラした。

生成さんとしているという事実と、相手が漏らす喉声と、柔らかな唇と濡れた舌の感触に酩《めい》酊《てい》して、なにも考えられなくなる。

一方的に施《ほどこ》されるキスから、自分からも深く舌を求めて絡《から》ませる。

「……ンッ！　んぅっ……う…ふ……っ」

うなじを引き寄せて夢中で唇を合わせると、相手も髪や背を愛《いと》おしむように撫でながら応《こた》えてくれる。

彼が本当にこうしたいのは俺じゃなくて、誰かほかの人を思い浮かべているとしても、いま俺としてくれるならどうでもいい、と実際に触れ合ったら男の意地などもろく崩れる。

息も継がずに激しく唇を貪《むさぼ》りあい、はぁはぁ喘《あえ》いでようやく結びあわせた舌を解《ほど》く。

「……はぁ……キスって、こんな気持ちいいんだ……」

さんざん大人のキスを仕掛けてリードしておきながら、相手は初めて知ったような放心した声で呟いた。

広野も肩で息をしながら、

「……ほんとに、初めてのキスがこんな濃厚《のうこう》で、興奮して死ぬかと思った……」

と思わず本音を漏らすと、彼はぴくりと動きを止め、ぱっと両手で口元を覆《おお》った。

「……えへへ、畔上くんのファーストキス、俺がもらっちゃったんだ。じゃあ、欲張ってもっと初めてをもらっちゃおうかな」

完全に酔っているのか、悪戯っぽく含み笑いして、彼はそろっと片手を足の間に伸ばしてきた。

「ちょっ、ダメですよ、そんなっ……！」

キスでひそかに充血してしまったそこに触れられ、慌てて身を引くと、彼はもっと強く握って服の上から揉みしだいてくる。

「……ダメって言わないで。さっき、お風呂場で見ちゃったとき、すごく大きくて、ドキドキしたから、触りたい……」

「……や、でも、……あっ……！」

「……ここ、気持ちいいの？　……今日だけ悪い大家さんになるから、もっと触らせて……？」

歌うように囁いて、直《じか》に勃起を握られて遠慮なく扱《しご》かれる。

なんでも器用にこなす細い手は愛撫にも長け、どうしよう、気持ちいい、でもこんなことしちゃいけないのに、とうろたえながら喘ぐ。

「……くっ……は……っ」

酔うとミカ以上にエロく豹変《ひょうへん》する相手を初めて知り、心では悪い大家さんに困惑しているのに、馬鹿息子は悪い大家さんの仕打ちに涙を流して硬く張り詰める。

歯を食いしばって快感に耐えていると、唇をまた塞《ふさ》がれる。

チュッチュッと何度も角度を変えて唇を食まれながら、熱《いき》りたつ性器をまさぐられ、止めようと伸ばした手はただ添えるだけになってしまう。

「……か、管理人さんっ……、はっ……も、ヤバいから……っ」

吸いつく唇をなんとか振りほどいで達《い》きそうだと訴えると、ぎゅっと根元を摑まれた。

「……ねえ、『管理人さん』じゃなくて、名前で呼んで？　そうしたらイかせてあげる」

「え……」

そんな風に焦らすのは、店子じゃなく本命にしている気分になりたいからかと悔しかったが、切羽詰まっていたので「生成さん……」と掠《かす》れた声で呼ぶ。

彼はふふっと満足げに笑って、チロッと唇を舐めた。

「じゃあ、いい子だから口でイかせてあげるね？　悪い大家さんなら、フェラしてもいいよね……？」

「……え」

言われた内容にも、彼の口から「フェラ」なんて言葉が出てきたことにも驚いたが、咄嗟《とっさ》にさっき目にした台所で指を舐める舌先の残像が蘇《よみがえ》り、ゴクッと喉が鳴ってしまう。

「……ダ、ダメですよ……」

そんなことさせられない、してもらっちゃいけない、と必死に声を絞り出したが、彼は片手で握ったまま身をずらし、性器に顔を寄せてくる。

「悪い大家さんの命令だから、ダメは却下。……悪い犬に噛まれたと思って、舐めさせて……?」

囁きと同時にちゅっと先端に口づけられた。

「……う、ぁっ……!」

脳天に雷が直撃したような衝撃に上ずった声で呻《うめ》く。

敏感な先端を舐めてから、あたたかく濡れた口の中に包まれ、生成さんが俺のを……と信じられない驚きと、死にそうな快感に腹筋が引《ひ》き攣《つ》る。

「……んっ、ふ……う、っく、ん……おっき……」

両手で幹《みき》を擦《こす》りながら舌を動かされ、唇をすぼめて頬の内側できつく締められた瞬間、我慢できずに呆気《あっけ》なく爆《は》ぜてしまう。

「……ンッ……!」

彼は驚いたように呻いたが、ビュクッビュクッと放つ間も唇を離さず、「ン、ンンッ」と止める間もなく飲み込んでしまった。

相手がコホッと噎《む》せたときにようやく我に返り、

「う、嘘……、す、すみませんっ、口に出しちゃって……、それに、飲ませちゃって……！」

とパニックになりながら詫《わ》びる。

ど、どうしよう、生成さんに咥《くわ》えてもらっただけでも言語道断にありえないのに、口の中に射精して、あまつさえ飲ませるなんて万死《ばんし》に値《あたい》する、と頭が真っ白になる。

「お、お詫びに俺もしますから、俺にも飲ませてください……！」

「……え!?　ちょ、なにす…っ、やだ、やめて、畔上くんっ……！」

同じことをすれば許されるというものでもないが、それ以外にいい罪滅ぼしが思いつかず、広野はがばっとソファの上に相手を倒し、ずるっと相手のボトムスを下着ごとずり下げる。

「ダメ、こら、畔上くんっ、俺はいいからっ……！」

ばたつく両脚で蹴《け》られそうになりながら下衣を脱がせ、足の間に入り込む。

「よくないです、してもらいっぱなしじゃ申し訳なさすぎるし、頑張りますから」

「え、いいってば、や、待っ……ひぁあっ！」

異議を無視して彼の股間にしゃぶりつく。

相手の性器を口で咥えることに、まるで躊躇はなかった。

お詫びとお返しという大義名分があったたし、そんなものがなくても生成さんの身体ならどん

なことでも平気でできると舐めながら確信する。

「あっ、や、やめ、畔上く、口、ダメっ……んぁっ……！」

逃げを打つ腰や制止する切れ切れの声より、口の中で反《そ》り返って上顎《うわあご》に当たる相手の反応を信じて、行為を続ける。

相手の喘ぎや吐息を頼りに、これで合ってるかも、ここが好きかも、と探りながら舌と唇で愛撫する。

「やっ、やだ……こんな、恥ずかし……あっ、畔、やぁっ……き、きもちぃ……っ」

制止や拒否に快感の言葉が混じり出すと、遠慮を捨てて舌遣いをエスカレートさせる。

相手をもっと気持ち良くさせたくて、先端の丸みを舐め回し、鈴口《すずぐち》やくびれをぐりぐり辿《たど》り、喉奥まで深く飲み込んで激しく頭を揺らす。

「あ、あぁっ……はぁ、すご、…もちい、やぁっ、いい、んぁあっ……！」

薄暗くて悶《もだ》える顔がはっきり見えないのが無念だったが、艶めかしい喘ぎでお釣りが来るほど興奮した。

自分まで陶酔《とうすい》しながら舐めしゃぶり、零れた先走りと唾液で濡れた嚢《ふくろ》を揉みこむ。

「や、ダメ、でちゃう、畔上く、おねがっ、口、放してっ……！」

彼は震える両手で頭を外そうとしたが、余計強く吸い上げて射精を促す。

「あっ、あ、も、出る、イっちゃう、ごめん……あぁぁっ！」

彼が詫びながら果てたとき、むしろご褒美《ほうび》をもらうような気持ちだった。

彼の吐精をすべて舌で受け止めて飲み干した瞬間、パッと視界が眩《まばゆ》い光に包まれる。

「！」

突然電気が復旧し、反射的に閉じた瞼《まぶた》を開くと、眼前のとんでもない光景に血の気《け》が引く。

煌々《こうこう》と明るく灯る室内灯の下、相手の性器をぐっぽり咥えているところを、跳ね起きた本人に見おろされるという驚愕の事態に、パニックになりながら急いで口を離す。

両脚を抱えていた腕も外して慌てて身を離すと、彼が剝《む》き出しの下半身を隠すように膝を閉じ、バッと片手を伸ばして目を塞がれた。

相手も動顛《どうてん》のあまりおかしくなっているらしく、呆然とした声で呟く。

「……俺、いまほどお盆が欲しかったことない……」

「……お、俺も、さっき脱衣室で照らされたときそう思ったんで、おあいこです……」

こちらも動顛してフォローにならないフォローをすると、「そ、そうか、おあいこか……」と彼はあるかなきかの声で繰り返した。

電気がついた途端、最前までの淫靡《いんび》な空気は魔法のように消え去り、羞恥《しゅうち》といたたまれなさと動揺しか残らず、

「……あ、畔上くん、ちょっとズボン穿《は》くから、手離すけど、絶対目開けないで」

「わ、わかりました……」

と自分もずり下がった着衣を速攻で直し、閉じた瞼の向こうで彼が下着やズボンを拾って身に着けている気配を窺う。

彼がそのままじりじり後ずさる気配を感じて片目を開けると、びくっとした相手と視線がかち合う。

彼は唾《つば》を飲み込んでしどろもどろに言った。

「……あ、あの、畔上くん、このことは、酔った上での間違いだから、全部忘れてくれる？」

「……え」

いや、それはさすがに無理だ、生成さんとこんなことして忘れたりできるわけない、と思ったとき、彼が必死の形相《ぎょうそう》で続けた。

「あの、沙漠の遊牧民の掟《おきて》では、砂嵐は人を狂わせるから、その時期犯された罪は許されることもあるんだって。だから、本命じゃない相手とうっかりキスとかいろいろしちゃっても、嵐のせいにすればノーカウントで許されるから、なかったことにして？　もう二度と『悪い大家』にはならないから、ほんとにごめんね」

「……」

そんなに必死になかったことにしたがるのは、やっぱり片想いの先輩じゃなく俺としたことを後悔してチャラにしたいんだろうとしか思えなかった。

彼はサッと身を翻《ひるがえ》して部屋に戻ってしまい、自分は酔って羽目を外したときにたまたま目の前にいた代用品に過ぎなかったと改めて自覚させられ、外を吹き荒れる嵐と同じくらい胸の中に混乱と失意が渦巻《うずま》いた。

＊＊＊＊

……どうしよう、とんでもないことをやらかしてしまった……。

生成《きなり》は部屋に逃げ帰ってドアを閉めるなり、へたりこむ。

……あんなことをするつもりなんて、ほんとになかったのに……。

酔った勢いとヤケっぱちな気持ちで同意も得ずに好き放題したから、天罰《てんばつ》のような最悪のタイミングで停電が直って、ショック死しなかったのが不思議なくらいの羞恥《しゅうち》プレイに酔いなんか一瞬で醒《さ》めてしまった。

……きっと畔上《あぜがみ》くんはあんなエロセクハラをするハレンチ大家に驚き呆れて軽蔑《けいべつ》にしたに決まってる……。

生成は激しい後悔と自己嫌悪に塗《まみ》れ、涙目で項垂《うなだ》れる。

畔上くんとはビジネスライクに接するという決意も、ゲイバレするようなことはしないという誓いも全部自分で破ってしまった。

彼に好きな人がいることは、以前アリーとのやりとりを盗み聞きしたときから知っていたが、相手がまさか同性とは思っていなかったから、本人に告げられてショックを隠せなかった。

彼は「友達の話」に置き換えていたけれど、言葉の端々からすぐ本人のことだとピンときた。

大らかな彼は前のアパートの隣人がゲイだとわかってもさほど動じていなかったから、自分の初恋の相手が同性でも意外にすんなり受け入れられたのか、相手に告白したいと思っていると相談してきた。

アリーの占いで「身近な年上の人」と言われて心当たりがあったようだから、きっと大学の一、二歳年上の先輩が好きなのかもしれないと思ったら、ショックで「いい大家さん」なら絶対隠しておかなければいけない本音がつい口から零《こぼ》れてしまった。

ほかの人が好きで相談している相手に「俺もずっと恋されたかった」と自分の気持ちを押し付けたら困らせるだけだとすぐ我に返って、急いでとっくの昔に終わった片恋の思い出を持ちだして誤魔化《ごまか》した。

二十歳の男子からみたら七歳上の男なんてただのおっさんで対象外だろうし、若いライバルの向こうを張って「俺も好きだから、その子より俺を好きになって」とはとても言えなかった。

その時点で部屋に戻ってひとりでいじけてればこんなことにはならなかったのに、つい嫉妬に駆られて彼の恋の相手がどんな子か訊ねたら、すこし自分に似ていると言われ、ピキッと最後の理性の防波堤まで決壊《けっかい》してしまった。

どうして男でもよくて、俺と似ているらしいのに本人じゃダメなんだ、と理不尽な怒りが込み上げて、無理矢理キスを迫《せま》ったら、かなり抗《あらが》われた。

本命に操《みさお》を立ててるのかと思ったら悔しくて、こっちから唇を奪ってしまった。

生成は自己嫌悪で猛省中にもかかわらず、思い出し胸キュンにこっそり胸を震わせる。

畔上くんとキスできる最初で最後のチャンスだから、うっとり失神しかけてる場合じゃない、と急いでミカの手本を思い浮かべて、本能にも従って唇と舌を大胆に動かしていたら、途中から彼からも熱心に口づけられ、本物の恋人同士のような熱いキスに昇天しそうだった。

彼は本命とのキスの練習台のつもりなのかも、と思ったが、それでもいい、と息が苦しくなるまでキスを続け、いまなら全部酔った勢いで通せるかも、とつい欲をかいて手淫《しゅいん》や口淫までしてしまった。

その部分を思い出し、生成はまだ反省中なのに不謹慎にもボッと赤面する。

本当に酔っていたし、暗かったし、この機を逃《のが》せば次はないという焦《あせ》りで、妄想でもそんなにしたことがないことを現実の畔上くんにしまくってしまい、自分は興奮と喜びでどうにかなりそうだったが、彼はどう思っただろうと想像すると剃髪《ていはつ》して出家したくなる。

素面《しらふ》だったらとてもできないようながっつきぶりでしゃぶりついてしまったし、彼からもまさかのフェラ返しをされてしまい、死ぬほど恥ずかしかったが、永平寺《えいへいじ》で五十年修行しても忘れられないような忘我《ぼうが》の快楽を味わわせてもらった。

でも、果てた瞬間電気がついて、自分のものを咥《くわ》える相手ともろに目が合った衝撃の一瞬を思い返すと、あまりの羞恥と申し訳なさに出家どころか入水《じゅすい》したくなる。

……ああ、どうしよう……。今度こそこんな下宿は出て行くと思ってしまったかも……。

こっちは全部やりたくてやったことだけど、彼は律儀《りちぎ》にやり返さなきゃ悪いと思ってしてくれただけで、ただのもらい事故なのに、素面に戻ったときに本命の子に罪悪感を覚えるかもしれない。全部自分が巻き込んだせいだから、君は悪くないと沙漠の掟《おきて》まで持ち出して忘れてくれるよう頼んだが、そう都合よく記憶から抹消《まっしょう》してくれるかわからないし、軽蔑して恨まれるかも……。

もう一生禁酒するし、明日からは本当に心を入れ替えて「いい大家さん」に徹するから許してほしい、と打ちひしがれながら過ごした日曜の夜、ボランティアツアーから帰ってきた三人を出迎えると、ミカたちが口々に言った。

「ただいま、生成さん。あのプレゼント、広野くんとの親睦に少しは役に立ちましたか？」

「この頃、ふたりがちょっとぎくしゃくしてる感じだったたから、楽しく過ごせそうなグッズをセレクトしてみたんだけど」

「お酒飲んで一緒に写真集見たり、コスプレとかお盆ダンスとかやってくれました?」

「……」

三人がよかれと思ってやってくれたらしいというのは伝わったが、逆効果だったよ、と生成は遠い目になりながら言った。

「……やりません、そんなこと。みんなの心遣いはありがたいんだけど、元々俺と畔上くんは日本人同士なら普通の距離感だから、もっと親睦させようとしてくれなくていいから。母の日セレクションはリキュールだけいただいて、エプロンと写真集は返すね」

すでにお酒の力を借りてとんでもないことをしでかしたことは伏せて、「演奏会や交流会はどうだった? 復興は進んでた?」とみんなの話を聞く。

翌朝、広野と顔を合わせるのが死ぬほど気まずく勇気が要《い》ったが、人生最大級の演技力で「おはよう、畔上くん」と根性でいつもどおりを装《よそお》うと、彼はやや間を空け、「おはようございます、管理人さん」と何事もなかったように振る舞ってくれた。

母の日イブの前と後では微妙にぎくしゃく加減が悪化したが、表面上はなんとか以前と変わらない日常を努力して維持していたある日、生成のもとに意外な人物から連絡が来たのだった。

＊＊＊＊＊

……あの人は、なんの目的で生成《きなり》さんを訪ねてきたんだろう……。

広野《こうや》は食堂の入口の壁に張り付いて、来客と彼の会話に耳を欹《そばだ》てる。

数日前、夕食後のコーヒータイムの最中に生成さんの携帯に電話がかかってきた。

「……谷川《たにがわ》さん……!? お久しぶりです。お元気ですか？ つい最近谷川さんのこと話してた

ばっかりだから、びっくりしました。……いや、悪口じゃないですよ、もちろん」

応対する生成さんの声は省三《しょうぞう》さんやその他の事務的な電話のときとは明らかにトーンが違った。

急いで自室に行ってしまったのでその後のやりとりは窺えなかったが、戻ってくると、

「……あの、実は日曜日にちょっとお客さんが来ることになって……前の職場でお世話になった人なんだけど、午後の二時から一時間くらい、応接スペース使ってもいいかな」

とチラッとこちらを見て、サッと俯《うつむ》きがちに店子《たなこ》たちに言った。

「どうぞ。私、その日、『なりきり宝塚』の体験レッスンだから」

「僕もミカと鎌倉に見仏《けんぶつ》に行くから、ゆっくり旧交を温めて」

外国人チームが答え、広野も「俺は用はないんですけど、部屋にいますので」と答えながら、もしかして「谷川さん」という人が件《くだん》の片想いの相手なのかも、と言葉尻から推測する。

ミカたちから仕入れた情報では、生成さんには特に家に訪ねてくるような親しい友人はいないらしいし、わざわざただの昔の同僚が世間話をするために休日にやってくるとも思えない。

……まさか、向こうもひそかに生成さんに好意を抱いていて、告白しに来るのかも、と思ったら、いてもたってもいられず、こうして廊下の陰に隠れて立ち聞きしている現在に至る。

二時すこし前から二階の端の小窓に張りつき、門をくぐる谷川氏の容貌《ようぼう》を覗き見すると、生成さんの語った「すごくかっこよくて仕事もできて、ずっと憧れていた」という言葉を裏付ける、三十前後の長身の美形だった。

ちくしょう、イケメンだった、ちょっと俺に似てると言ってたけど、別に似てないじゃないか、と唇を噛みしめながら足音を立てないように階段を降りて、居間にいるふたりの視界に入らない壁際にサッと隠れて耳を澄ます。

「素敵な下宿だね。築何年くらい?」

「六十年くらいです。あちこち老朽化《ろうきゅうか》しててメンテが大変なんですけど」

「へえ、でもちゃんと綺麗にしてあるね。……もう身体のほうは元通り元気なのかな」

「はい、もうすっかり。その節はほんとにご迷惑をおかけしました」

しばらく共通の上司の話などをしてから、谷川氏が切り出した。

「実は、俺も退社してデジタルマーケティングのコンサルティング会社をはじめようと思ってるんだ。もう仲間と動いてるんだけど、硴野《かきの》くんがまだ再就職してないって聞いたから、是非一緒に立ち上げから参加してもらえないかと思って、今日はその話で来たんだ」

「えっ」

広野も彼と同時に声を上げそうになり、慌てて口を噤《つぐ》む。

恋の告白じゃなくヘッドハンティングだった、と安堵したのは一瞬で、ふたりがまた一緒に働くことになったら、もう生成さんに振り向いてもらえるチャンスが完全になくなってしまう、と広野は顔色をなくす。

先日「ずっと好きだった人がいる」「全部なかったことにして忘れて」と言われたが、やっぱりどうしても諦められず、社会人になって対等になってから改めて告白しようと長期計画を立てた。

生成さんの行動範囲は石花荘《いしはなそう》周辺だけで、新たな出会いは新規の下宿人以外ほぼないし、数年後まで待てば、昔の片恋相手への気持ちも薄らいでいるかもしれない、と期待していた。なのに、当の本人が起業して創業メンバーにスカウトに来るなんて、気持ちが薄らぐどころか恋心が再燃してしまうかもしれない、と青ざめる。

谷川氏は新規事業のプランや待遇を具体的に説明し、

「どうかな、勝算はあると思うよ。君もブランク明けだけど分野は一緒だし、すぐ勘は取り戻せると思うんだ。同じプロジェクトチームだったとき、君の仕事ぶりは丁寧で信頼できたし、体調が戻ったら復帰したいって言ってたよね。また一緒にやらないか」

と熱心にくどく。

生成さんはすこし考えるような間を空けてから言った。

「……あの、すごく興味はあるし、誘っていただけて本当にありがたいんですけど、いまはこの下宿の仕事があって、祖父も不在なので、すぐにはお返事できないんですが……」

やっぱり生成さんは揺れているみたいだ、と広野は唇を嚙む。

エリートリーマンだった人だし、前の経験が活《い》かせる仕事で好きな人と働けるなら、生成さんにとっては省三《しょうぞう》さんのことがなければ即決できるオファーかもしれない。

いまイタリアにいる省三さんに、申し訳ないけどどうか永住して帰ってこないでくれませんか、とつい心苦しい念を送っていると、

「でも下宿の仕事って、君じゃなくてもできるようなことだよね。おさんどんとか下宿人の世話なんて、こういっちゃなんだけど、暇を持て余したおばさんとかでも充分間に合う雑務みたいな仕事だし、君の能力の無駄遣いじゃないかな。人に任せるとかほかの方法もあるし、管理人業はリタイア後の暇つぶしに取っといて、いまはもっと君がやるべき価値のある仕事をしないともったいないよ」

谷川氏が聞き捨てならないことを言った。

生成さんの能力を買っているからこその言葉だとは思うが、石花荘での彼の仕事をなんの価値もないと一蹴《いっしゅう》するような、いかにも片手間でやれるちょろい仕事と侮《あなど》るような言い草にカッときて、広野は思わず壁際から飛び出した。

ソファにいるイケメンの恋敵《こいがたき》をキッと見据《みす》え、広野は叫んだ。

「あのっ、お言葉ですが、生成さんの仕事は暇を持て余したおばさんでもできる雑務なんかじゃありません！　おばさんにも失礼な言い方だし、生成さんの真心こもったサポートに店子たちがどんなに感謝して喜んでるか、あなたは知りませんよね⁉　ムスリムの店子のためにラマダーンに毎朝早起きしてサフール（日の出前の最後の食事）を作ってくれたり、フィンランド男子が胃腸炎になったとき、腹痛と緊張で日本語がすっぽ抜けたけど、生成さんが家族みたいに親身に付き添ってくれたから無事診察してもらえたって言ってたし、そういう心の通《かよ》った管理人業が、マーケティングの仕事に比べて価値がないなんてことはないと思います！　なにも知らないくせに、見下すような言い方しないでくださいっ！」

一気にまくしたてて、はぁ、と息を継ぐと、

「……畔上《あぜがみ》くん……」

と戸惑ったような生成さんの呟きにハッと我に返る。

手前のソファに座る生成さんに唖然《あぜん》とした顔で振り仰《あお》がれ、広野は彼と谷川を交互に見やる。

「……す、すいません、お話し中に突然……、あの、えっと、ちなみにフランスでは『呼ばれ

てないのに会話に割って入ること』を『苺《いちご》を持って戻る』というそうですが、苺は持ってないので、失礼します……」

意味不明の弁解をして、ダッと踵《きびす》を返す。

自室に戻ってバタンとドアを閉め、「……やっべえ……、やっちまった……」とドアに凭《もた》れて天を仰ぐ。

あんな風に乱入して真っ向から反論したら、立ち聞きしていたのがモロバレなのに、日々店子のために心を砕いてくれている生成さんの仕事を取るに足らないカス仕事のような言い方をされて、黙ってはいられなかった。

味噌まで手作りしたり、庭の菜園でモロヘイヤを育ててアリーのソウルフードのスープを作ったり、方向オンチのジャドのために乙女ロードの買い物につきあったり、居酒屋のメニューの貼り紙が気に入ったミカに、真似して書いてほしいと頼まれて「いかげそ揚《あ》げ」とか「とりわさ」などと毛筆で書いてやった紙がオブジェとしてミカの部屋にびっしり貼られていたり、店子一人ひとりに家賃以上のハートフルな対応をしてくれる生成さんの仕事を『雑務』のひと言で片付けるような奴は、いくら彼の想い人だろうと許しがたかった。

でも、生成さんは退社するとき谷川のために迷ったと言っていたし、省三さんに下宿のことを頼まれていなければ復帰したい気持ちが強いかもしれない。

生成さんが心からやりたい仕事をしてほしいし、それが下宿の管理人じゃないなら引き止めることはできないが、谷川と一緒に働くことだけはやめてほしかった。

そんなことを言う権利も資格も、恋人でもなんでもないただの店子の俺にはないってわかってるけど……、と吐息を零したとき、玄関のほうで挨拶らしきやりとりとパタンとドアが開閉する音が漏れ聞こえてきた。

……谷川さん、もう帰ったのかな。もしかして、生成さんが心を決めて前向きな返事をしたから、目的達成して早めに帰ったのかも。

もしそうなら、さっき俺が谷川の心証《しんしょう》を悪くするようなことを言ったのは、生成さんにとっては再就職の足を引っ張るただの妨害《ぼうがい》行為だったかも……、と焦って失言を詫《わ》びようと部屋を出ると、玄関から戻ってきた生成さんと食堂でかちあう。

広野は急いで頭を下げ、

「生成さん、さっきはすいませんでした。勝手にしゃしゃり出て、お客さんに失礼なことを……」

と詫びると、彼は怒ったり咎《とが》めたりするような表情ではなく「ううん」と首を振った。

「いきなり叫ばれたからびっくりしたけど、谷川さんも別に気を悪くしたりしてないから、気にしないで。畔上くんが戻ったあと、『いまの仕事が悪いみたいな言い方しちゃってごめん』って謝ってくれたし、『あんなに店子が怒って庇《かば》ってくれるなんて、そこまで慕《した》われるようないい大家さん』してるんだね』って言われたよ」

生成さんはそこで言葉を切り、瞳を伏せてしばし言い淀《よど》んでから小さな声で言った。

「……けど、俺、君に『いい大家さん』なんて慕われてるはずないし、なんであんな風に言ってくれたのか、それにさっきもいまも、なんで『生成さん』って親しく名前呼びしてくれるのか、わからないんだけど……。こないだ、あんなことしちゃったから、君は表面上普通にしようとしてくれてたけど、やっぱり視線とか物言いたげで、態度も前よりぎこちなくなっちゃったし、自業自得なんだけど、絶対嫌われたって思ってたから……」

淋しげな口調で事実と真逆のことを言われ、広野は目を瞠《みは》る。

「……いや、全然違います、俺は、」

焦って訂正しようとして、いま事実を告げるのは時期尚早《しょうそう》かも、と一瞬迷ったが、時を選んでいる場合じゃない、と広野は言葉を継いだ。

「逆です。嫌ってなんかいません。もしぎこちなく感じたとしたら、ただ意識してただけだし、なにか言いたげに見えたんだったら、『俺を好きになってほしい』って言いたかっただけです。名前呼びも心の中では前からしてたし、生成さんがずっと片想いしてたのは谷川さんだってわかってるけど、俺も初めて会った日から、あなたのことが好きなんです」

「……え？」

ぽかんと聞き返され、広野は玉砕《ぎょくさい》覚悟で続ける。

「たぶんひとめ惚れで、アリーさんの占いで『身近な年上の人と恋に落ちる』って言われて、生成さんだったらいいのにって思ってました。でもあの停電の夜に谷川さんの話を聞いて、失恋したうえに彼の代わりにキスとかされて、全部忘れろって言われて、やっぱり俺じゃ子供過ぎて相手にされないんだと思って、卒業してから告白する気だったんです。でも今日谷川さんが来て、もしふたりがうまくいっちゃったらってどうしようって心配で、立ち聞きしてました。……やっぱり、あの人じゃなきゃダメですか……?」

すべてを打ち明けて返事を待っていると、彼は驚愕も露《あら》わな表情で口をはくはくさせ、激しくつっかえながら意味不明なことを言った。

「……こ、これ、もしかして妄想……⁉　そ、そうだよね、いつのまにか妄想に突入したに決まってる……。だ、だって、ほんとにこんなこと言われたらショック死確実のドリーム展開だし、奥様運びの姫抱っこよりありえないし、現実の畔上くんは大学の先輩が好きなんだし……」

「……は⁉」

勇気を振り絞《しぼ》った告白を突拍子《とっぴょうし》もない呟きでうやむやにされ、広野は困惑する。

「……あの、ちょっと待ってください。『大学の先輩』ってどっからそんなガセネタを……、俺の好きな人は生成さんだけで、ほかにはいません。……それに『妄想かも』とかわけわかんないことを言うのは、もしかして直接振りたくなくて婉曲《えんきょく》に断ろうとしてるのかもしれないけど、振るならちゃんと振ってください。そのほうが、諦めたくないけど、諦めがつくし……」

今度こそまともな返事で引導を渡されるかも、と思いながら待っていると、生成さんはじわっと瞳を潤《うる》ませて小さく首を振った。

「……あの、ほんとに信じられないんだけど、これが夢じゃないなら、なんて謝ったらいいのか……いろいろ誤解させるようなことを言って、ほんとにごめん……。谷川さんのことは、もうとっくに終わってて、今日の仕事の話もちゃんと断ったし、あの日も身代わりなんかじゃなくて、畔上くんだからキスしたかったんだよ。でも君がほかの人を好きだと勘違いしてて、俺の気持ちがバレちゃいけないと思ったから、嘘ついちゃったんだ。……でも、俺の好きな人はほんとに畔上くんだけで、ほかにはいないから、振るなんて、とんでもないよ……」

「……」

前置きが謝罪の言葉だったので、やっぱり断られるのかと身構えてしまったが、最後まで聞いたら、思わず自分まで「妄想かも」と疑わずにはいられなかった。

「……俺を好きって、ほんとですか……？」

現実に「こんな言葉を言われたかった」ということを言われると、自分のような単純な人間でも喜ぶより先に「本当だろうか」と思ってしまうものなんだな、と実感しながら声を絞り出して確かめる。

彼は頬を赤らめて、小さく頷いた。

「……う、うん。……畔上くんが最初にうちに来た日から、すごくかっこよくて中身もいい子で、ずっとドキドキしてたんだけど、俺は大家だし、男だし、年上だし、絶対君の恋愛対象にはなれないって思ってたから、心の中でこっそり好きでいようと思って、恋心は隠してた……」

「……う、嘘……」

舞い上がりたいほど浮かれたくなる一方で、そんなもったいないことをしていたと聞いたら、なぜこんな遠回りをしなきゃいけなかったんだ、と相手が軽く恨めしくなる。

「……俺、あの停電の夜にあなたに打ち明けようとしたのに、ちゃんと聞いてくれてれば、あのとき両想いになれたじゃないですか」

友達設定で切り出した自分も悪かったが、絶対振られて身代わりに弄《もてあそ》ばれたと思って傷ついたのに、と口を尖《とが》らせると、彼は追い詰められた小動物のような表情でまた瞳を潤ませた。

「……だ、だって、俺、いままでまともに恋が成就《じょうじゅ》したことないし、ひとりで妄想するだけで、いつも諦めてフェードアウトしてきたから、恋の叶え方なんてわからないし、……君が俺を好きになってくれるなんて、夢にも思わなかったんだよ……」

なんでこんなに綺麗なのに気弱なのか不思議だし、ほかのことは器用なのに恋愛だけ不器用すぎるのでは、と思ったが、相手がまだ誰ともまともに恋をしたことがないと知って、その不器用さも可愛く思えてくる。

広野は歩を進めて相手の向かいまで近づいた。

「……俺も、まともに恋するのは初めてですけど、生成さんより単純だし、諦めも悪いし、ちょうどよくうまくいくと思いませんか……？　俺が本気であなたを好きだって、ちゃんと信じてもらいたいので、もう一回言います。生成さんが好きです。生成さんと恋愛して成就したいです。年下だけど、いろいろ頑張るので、俺とつきあってください」

告白時は交際を申し込むものだという刷り込みがあり、真面目に頭を下げながら告げると、彼の瞳に感涙《かんるい》めいたものが浮かんだ一瞬後、なぜかサッと翳《かげ》った。

「……あの、ほんとは『もちろん』って言いたいんだけど、いいのかなって……、まさか叶うと思ってなかったから、先のことまで考えてなかったんだけど、俺を選んだら、普通に女の子とつきあうより、いろいろ嫌な思いをするかもしれないってわかってる……？　周りから変な目で見られたり、ご両親や友人にも隠さなきゃいけなかったり、バレたら悲しませたりするかもしれないし……、俺は元々そういう質《たち》だから覚悟はできてるけど、畔上くんはもう一回よく考えてみたほうが」

両想いのはずなのに、未来を憂《うれ》えてぐるぐる悩みだす心配性の相手の言葉を広野は遮《さえぎ》る。

「大丈夫です。俺がつきあいたいのはほかの女子でも男子でもなく生成さんだし、生成さんにさえ好かれてれば、ほかは誰にどう思われてもいいです。別に投げやりになってるわけじゃなくて、家族とか信頼する人には理解してもらえるように努力はするけど、ダメならダメでしょうがないし、誰に反対されても生成さんのことは諦めません。一度きりの人生で、心から好きな相手と結ばれること以上に幸せなことってないと思うし、それさえ叶えば、ほかが茨《いばら》の道でも平気です。初めての恋でも、これが一生物の本気の恋だって確信があります。だから、俺を信じて、これからもずっと一緒にいてください」

恋の告白と交際の申し込みのつもりがいつのまにかプロポーズになってしまったが、偽《いつわ》らざる気持ちだった。

相手の瞳を見つめて真剣に告げると、彼は濡れた瞳からぽろっと涙を零《こぼ》し、二粒顎《つぶあご》から雫《しずく》が滴《したた》ったあと、綺麗な泣き笑いでこくんと頷いてくれた。

ほっと安堵の息をつき、やっと恋人になってくれた相手をひしっと胸に抱きしめたとき、ふいに玄関側の入口から拍手と指笛が聞こえた。

え、と目をやると、ミカとジャドとアリーが並んで微笑ましげに手を叩きながら言った。

「おめでとうございます。広野くんにはやっぱりシスがありましたね。意訳すると『俺はブレないからぐだぐだ言わずについてこい』というニュアンスのプロポーズに感動しました」

「逆に生成さんにはシスが足りないけど、受だからいいか」

「素敵な場面にちょうど帰ってきたから、『北の国から』をアカペラで歌って雰囲気出そうかと思ったよ」

……見られてたのか、と内心引《ひ》き攣《つ》っていると、我に返った生成さんに軽く突き飛ばされる。

「……ちょ、みんな、なんでそこにいるの⁉ ちゃんと『ただいま』って言った⁉ 大家にもプライバシーがあるんだから、帰ってきたなら黙って見てないで声かけてくれないかな……！」

動揺のあまりお母さんぽく叱る生成さんに、外国人チームが口々に言う。

「言いましたよ。お取り込み中で耳に届かなかったんじゃないですか」

「エジプトでは幸せなことがあったとき、『バラカをわける』って言って、みんなで分かち合うものなんだよ。幸せな光景は独り占めしないでみんなにお裾分《すそわ》けしないと」

「ついでに停電の夜になにがあったのかも詳しく聞かせてもらってバラカをわけてほしいです」

絶対言わないよ！　と赤面してキィッとわめく生成さんに、「隠すと余計聞きたくなりますよ」とジャドが言い、アリーとミカも笑って同意する。

誤魔化《ごまか》しようのない告白シーンを見られて動揺したが、三人はまるで動じずに自然なことのようにありのまま受け入れて祝福までしてくれ、こんな心の広い仲間がいて自分はなんてラッキーなんだろう、と広野は心から思った。

＊＊＊＊＊

その週末、外国人チームはまた揃って日光江戸村《にっこうえどむら》に旅立った。

「素面《しらふ》でも『武家の姫君』のコスプレをしてみたいんですが、いいでしょうか」

「あはは、いいよ。きっと似合うよ、青い目の姫コスプレ」

「じゃあアリーが『殿様』コスで、私が『くの一』か『若侍《わかざむらい》』コスして写真撮りましょうよ。……じゃあ、生成《ぎなり》さん、行ってきます。広野《こうや》くん、しっかりね」

いつものごとく賑《にぎ》やかに出て行く三人を送り出しながら、ジャドの最後の言葉に引っかかりを覚え、一緒に見送りに来ていた広野を振り返る。

「畔上《あぜがみ》くん、『しっかり』ってなんのこと？　もしかしてジャドになんか頼まれた？　もし日曜日にマンガの即売会に行って目当ての本を買ってこいとか言われたんだったら、そこまでしてあげなくていいよ」

ジャドなら言い出しかねないと心配して問うと、彼はうっすら赤くなってぷるぷる首を振った。

「いえ、全然そういうことじゃないです。……あの、生成さん、俺、明日午前中休講なんです」

言葉の前半と後半の繋がりがよくわからなかったが、

「あ、そうなんだ。……じゃあ、朝ごはんの時間、もうちょっと遅くしようか？」

もっと寝ていたいというアピールかもしれないし、ふたりだけだから臨機応変にしてあげようと思いながら提案すると、彼は妙に肩に力が入ったような様子で続けた。

「……実は、あれから英会話のときにミカさんたちといろいろ話をして、そうかもしれないと俺も思うところがあって、自信がないとか、まだ早いとか、恥ずかしいとか照れくさいとか、失敗したらどうしようとか、四の五の言い訳してる場合じゃないのかなって思って」

また朝食時間の質問に繋がらない返事を返され、内心戸惑って目を瞬《しばたた》くと、

「……それで、つまり、なにが言いたいのかと言うと、日本は治安のいい平和な国だから、時間はいつまでもあると思いがちだけど、自然災害の発生率は世界でワースト五位だし、フランスもエジプトもテロが多いし、フィンランドは西ヨーロッパで一番殺人発生率が高いし、みんないつなにが起きてもおかしくない世界に生きているから、後悔しないようにいまを大事にして、今日できることは今日やり、愛する相手には迷わずできる限りの方法で今すぐ愛を伝えるべきだって言われて、確かにその通りだと思ったので……だから、あの、生成さんに、停電の夜の続きをしませんかって、言いたいんですが……」

「……」

どういう文脈なのか最後まで聞かないとまったくわからないベッドのお誘いに、生成は唖然《あぜん》としつつもつられて赤くなる。

純情な畔上くんにもっともらしいことを言って焚《た》き付けたミカたちを、なに余計なお節介《せっかい》してるんだ、と叱りたいが、こんなに真っ赤になって一生懸命言われたら、きゅんとせずにはいられなかった。

ミカたちに唆《そそのか》されて誘ってくれたにしろ、本当に嫌だったら言い出さないだろうし、彼も望

んでいるなら、自分も気持ちに応《こた》えたいと思った。

あの停電の夜、もしあともうすこし電気が復旧しなければ、彼と身を繋げられたかもしれない、とひそかに妄想していたし、彼にその気があるなら、店子《たなこ》たちがいない今が絶好のチャンスかもしれない。

なんとなく店子たちにお膳立《ぜんだ》てされて踊らされているような気もしたが、余計な抵抗をして好きな人と触れ合う機会を先延ばしにしたくはなかった。

返事に間が空いたせいか、

「……あの、いきなり過ぎて、引きましたか……？」

と彼におずおず訊ねられ、生成はふるふる首を振る。

「……う、ううん、引いてないよ……。いきなりだけど、今日やれることは今日やったほうがいい説には、俺も納得いくし……。えっと、じゃあ、あの、ちょっとシャワーとか浴びてから、畔上くんの部屋に行くから……、待っててくれる……？」

たぶん勇気を出して誘ってくれた相手に、せめて自分から部屋を訪《おとな》うくらいの勇気を見せなければ、と思いながら告げると、彼は赤らんだ顔でホッと吐息して照れたように笑《え》んだ。

風呂場で念入りに身体を洗いながら、これから初対面のときから心のアイドルと崇《あが》めていた大好きな恋人と結ばれるんだ、と思ったら、喜びとときめきの次に、ほんとにちゃんとできるんだろうか、と動揺と焦《あせ》りが込み上げて腰が引けてくる。

……いや、大丈夫、すでにキスとフェラはしたし、あれだって初めてだったけど、いざとなったらなんとかなったし、畔上くんも初めてだから、誰か上手な人と比べられたりしないし、年上なんだから、俺が落ち着いて包容力と余裕を見せなきゃ、と必死に自分に言い聞かせる。

内心激しくテンパりながら、風呂場を出て彼の部屋のドアをノックする。

すぐにドアが開き、彼も自分の部屋のシャワーを使ったらしく、シャンプーやソープのいい匂いが彼から香ってきてドキドキする。

「ようこそ……って、大家さんに言うのも変かな」

照れ笑いにときめきながら、「お邪魔します……って大家だけど言うね」とこちらも照れ笑いし、手と足を同時に動かすようなぎくしゃくした歩き方でベッドまで進む。

隣同士に座ると、彼が真顔で言った。

「あの、先にひとつ確かめたいんですが、生成さんは、抱きたいほうか抱かれたいほうか、どっちでしょうか……?」

「え……」

生成は驚きで鼓動を一拍止める。

……自分はいつも抱かれるほうで妄想してしまうが、畔上くんもそうなんだろうか……。

畔上くんを抱く妄想はしたことがなかった、と狼狽《ろうばい》しながら、

「……えっと、畔上くんは、どっちがいいの……?」

と問うと、彼は薄赤くなり、もじっと視線を伏せながら言った。

「俺は、できれば生成さんを抱きたいですけど、生成さんも綺麗だけど男性だし、抱きたいほうの人なんだったら、俺は生成さんが好きだから、潔く尻を捧《ささ》げる覚悟をしないとって思って」

「……」

なんかズレてるけど健気《けなげ》だ、と思わずキュンとする。

ちゃんと意向を聞いて尊重《そんちょう》しようとしてくれて、もし俺がバリタチだったらネコになってくれる気だったなんて男らしい、と胸打たれながら、生成は急いで首を振った。

「大丈夫、俺も畔上くんに抱いてほしいから。……いま逆かと思ってびっくりしちゃった。今さっきお風呂で一応やっといたほうがいいかもって自分で後ろ慣らしちゃったんだけど、全然必要ない準備だったかもって……」

ただでさえ緊張しているところに動揺したあまり、うっかり言わなくてもいいことまで口走り、ハッと生成は息を飲む。

彼は「え、準備……?」と目を瞬き、サッと赤くなった。

しまった、焦ってムード皆無《かいむ》の裏事情を、と自《みずか》らやらかした羞恥《しゅうち》プレイに逃げ出したくなっていると、彼が赤い顔のままチュッと頬にキスしてきた。

「……ありがとうございます。俺も初めてだし、うまくリードとかできないと思うんで、生成さんも協力してくれるんだって、すごいホッとしたし、……ちょっとエロい想像してドキドキしちゃいました……」

「……」

可愛いキスと可愛くて素直な言葉にまたもキュンとする。

どんなポーズを想像したのか気になるが、失言にも引かないでくれたのでいたたまれなさが薄れる。

それに彼も緊張してるんだと思ったら、こちらの緊張もすこしほぐれてくる。

「……あの、俺も初めてで、年上なのに頼りがいがなくて申し訳ないんだけど、畔上くんがしたいことがあれば言ってくれれば善処《ぜんしょ》するし、俺も言うから、ふたりでなんとか頑張ろうね？」

なにを頑張るんだという色気のなさで両肩に手を置いて懸命に告げると、彼はにこっと笑う。

「はい。よろしくお願いします。……じゃあ、早速ですが、キスさせてくれませんか。ほっぺたじゃなくて、こっちに」

唇を親指でなぞられてドキドキしながら目を閉じると、大きな両手で頬を挟まれ、唇を優しく塞《ふさ》がれた。

「……ン……」

自分から強引に奪うキスではなく、恋人にしてもらう初めてのキスに胸が高鳴る。

何度も味わうようについばまれ、うっとりと緩《ゆる》んだ唇のあわいから舌が忍んでくる。

「……んっ……ふ……う……ぅんっ……」

停電の夜、彼が途中からしてくれたような夢中な舌遣いで絡《から》められ、あのときはいもしない架空《かくう》の本命に愚《おろ》かな嫉妬をしたが、あのときからちゃんと自分にしてくれていたのだと今はわかる。

前以上の熱意を込めて舌を絡め返し、「んっ、ん」と喉を鳴らして相手の唾液《だえき》を飲みながら深いキスを続けていると、片手を胸に這わされた。

「……ンッ……！」

キスで尖《とが》りかけた乳首を撫でられ、ビクッと震える。

「……ここ、もっと触ってもいいですか……？」

耳元ですこし息を上げながら囁かれ、爽《さわ》やかなだけじゃない発情を秘めた声のトーンにドキドキしながら頷く。

Tシャツの上からしばらく弄《まさぐ》られ、ツンと硬く尖った乳首を裾《すそ》から中に手を入れて直《じか》に摘《つま》まれる。

「……ぁ、はぁっ……！」

相手の触れ方が弱すぎず痛すぎず絶妙で、乳首もどこもかしこも未開発なのに、思わず声が堪えきれないほど感じてしまう。

Tシャツを脱がされ、露《あら》わになったふたつの突起《とっき》をじっと見つめられ、視線だけでも触れられたかのようにさらに硬く尖ってくる。

「……あ、あの、電気消さない……？」

上ずった声で頼むと、彼は「……んー」と考えるように溜めてから、

「今日は点《つ》けたまましませんか？　こないだは暗すぎて、いろいろ見えなくて残念だったし」

とただ素直に従ってくれるだけじゃない年下男子の顔も見せる。

そんな、と動揺したが、たしかに自分も相手がちゃんと興奮したり愉《たの》しんでるか顔を見て確かめたいかも、と思い直し、小さな声で返す。

「……じゃあ、畔上くんも、脱いで……？」

お返しに相手も恥ずかしがらせたかったのに、彼はなんの躊躇《ちゅうちょ》もなく速攻でシャツも下もすべて脱ぎ、裸の胸で押すように後ろに倒された。

奥様運び選手権のときもゴールでこんな風に押し倒されたけど、今回はゲームじゃなく本物だ、とドキドキしながら見上げると、

「……あの、生成さん、『畔上くん』じゃなくて、俺のことも名前呼びしてくれませんか……？」

と可愛いおねだりをされた。

自分も『生成さん』と呼ばれて嬉しかったので、

「……うん、いいよ。じゃあ、……広野くん……」

と照れながら名を呼ぶと、素肌で重なる彼の左胸がドクンと大きく脈打ったのがわかった。

彼は嬉しそうにチュッと唇にキスをして、身をずらして、乳首にもチュッと軽くキスを落とした。

「アッ……！」

思わず高い声を洩らすと、「……乳首、もっと舐《な》めてもいいですか……？」と吐息が当たる位置で囁かれ、頬がかぁっと熱くなる。

照れるからいちいち聞かないでしていいよ、と言いたかったが、それを言うのも照れくさく、ぎゅっと目をつぶってこくこくと頷くと、ぺろっと濡れた舌でつつかれた。

「あっ、ん……」

あたたかい舌で尖りの周りを辿《たど》られ、下から舐め上げられたり、小さな尖端《せんたん》を舌先でちろちろ擽《くすぐ》られたり、舌だけでたっぷり弄《いじ》り回されてからちゅうっと唇に含まれる。

唇に挟んだままもぐもぐと甘噛みしたり、ちょっときつめに吸い上げたりしながら、反対側の乳首も指で弄られ、左右の位置を変えてじっくりと構われる。

「んっ……ぅん……ぁ……」

乳首の愛撫だけで下半身まで兆《きざ》してくるほど感じて、下着を濡らしてしまう。

胸だけじゃなくほかも触ってほしい、と直接ねだるのが恥ずかしくて、

「……あの、さっきからそこばっかり弄ってるけど、広野くんて、胸、好きなのかな……」

と婉曲《えんきょく》に言ってみると、

「……そうですね、生成さんの乳首って、可愛くて、敏感で、吸い心地がいいので、いつまでも舐めていたいです」

と真面目に言われてしまう。

そんなにされたら乳首だけで達《い》ってしまうかも、と生成は焦り、

「……じゃあ、あの、君にもしてあげる。胸、すごく気持ちいいから」

「え」

自分の乳首が特別敏感なわけではなく、舐められたら誰でも感じてしまうんだと証明したくて、相手の胸の下にずり下がり、舌を伸ばしてちろっと舐めてから吸いつく。

「……ン……んっ……、ほら、これ、気持ちよくない……？」

チュッチュッとついばみながら問いかけると、彼はくすぐったそうに身をよじる。

「……ちょっと気持ちいいですけど、生成さんに舐めてもらえるのが嬉しいだけで、勃《た》っちゃうほどじゃないかな。……生成さんは、乳首でちょっと勃っちゃったでしょう……？」

そう言いながら彼は片手を生成の股間に伸ばしてきゅっと摑んだ。

「あっ……！」

気づかれていたらしく、下着をずりさげて直に握ってぬるみを塗りひろげるように擦《こす》られる。

亀頭《きとう》を捏《こ》ね回しながら乳首を舌で押しつぶされ、喘《あえ》ぎが止まらなくなる。

「……はぁっ、あっ……、んんっ、すご、きもちぃ……」

「……どっちが好きですか……？　こっちと、こっち……」

「……はっ、ん、……ど、どっちも……」

正直に答えると、ますます熱を込めて上も下も奉仕され、びくびく身を震わせる。

「……広野くん……、君のも……させて……？」

自分ばかりしてもらっては申し訳ない、と相手の屹立《きつりつ》に手を伸ばす。

触れるとさらに硬くなり、嬉しくて笑みを浮かべると、彼はこくっと小さく息を飲む。

「……もう、急に悪い大家さんの顔しないでください。エロくて綺麗で、興奮するから……」

いまはそんな顔してないと思うのに、と軽く口を尖らせ、

「……俺だって、君にアイドルみたいな顔でエロいことされると、興奮するよ……？」

張り合って白状すると、「なんですか、アイドルって」と苦笑して、彼は首筋に唇をつけながら言った。

「……俺には生成さんが一番素敵に見えます。初めて会ったとき、息止まるかと思ったたし……。しゃべると割と庶民的で気さくでおかんだけど、そこもギャップ萌えだし……。だから、こんな綺麗な人が俺にこんなことさせてくれるなんて、今もちょっと信じられない気がする……」

囁きながらちゅうっと所有の跡をつけるように強く吸われ、びくんと仰《の》け反《ぞ》る。

そんなこと、こっちこそだよ、と思いながら、生成はそっと片手を伸ばして相手の髪を撫でる。

「俺だって、最初から『こんなかっこいい心のアイドルが俺に笑いかけてくれたり、ご飯おいしそうに食べてくれたり、「き、管理人さん」って呼び直したりしてくれてる』ってときめいてたよ。奥様運びのときも失神しかけてたし、停電の夜、お風呂場で懐中電灯当てちゃったときも『アイドルの股間をライトアップしてしまった……！』って焦ったけど、興奮して鼻血でそうになってたし……じゃなくて」

またうっかり余計な暴露をしてしまい、慌てて口を閉じる。

彼はくすっと笑って、耳に唇をつけ、

「大丈夫です。俺もあの日、生成さんが入った後の風呂のお湯に興奮して、勃ちかけたし」

と意外な変態自慢をしてくる。

かぁっと照れつつ、若干満更《じゃっかんまんざら》でもない気にもなってしまい、俺の残り湯にここが反応したのか……と相手の下半身を盗み見ていると、

「……あの、生成さん、またお願いしたいことがあるんですけど……」

と彼がすこし躊躇《ためら》いがちに言った。

「……ん、なに？」

「……もう一回、『悪い大家さん』になって、俺のを、口で、してくれませんか……？」

「え……」

停電の夜は自分から「してやる」と迫《せま》った行為を相手からねだられ、すこし狼狽《うろた》える。

素面でするにはなかなか勇気のいる行為だし、前回相手の抵抗が強かった気がしたので即答できずにいると、彼は赤くなって弁解した。

「……すいません、嫌だったらいいんですけど……、こないだしてもらったときは、ほかの人にしてる気なんだろうなって雑念が多くてあんまり集中できなかったし、生成さんに舐めてもらえて、びっくりして、あっという間に達《い》っちゃって、なんか早漏《そうろう》と思われたかもって気になるし……、初めて生成さんに咥《くわ》えてもらったのにじっくり味わう余裕がなくて、残念だったから……」

可愛い言い訳にまたきゅんと胸が騒ぐ。

別に早いなんて思ってなかったのに、そんなこと気にしてたのか、と頭を撫でてやりたくなる。

「……いいよ。してあげるから、座って……?」

自分に覆《おお》いかぶさっている相手を見上げ、舌先で唇を湿らせながら囁くと、彼はドキッとしたのが目に見えてわかるくらい肩を揺らし、バッと跳ね起きた。

足を開いて座った相手の股間に顔を寄せる。

前と違って点いたままの電灯のせいで、細部までよく見える立派な性器に思わず釘《くぎ》づけになる。

手で支えなくても硬く熱《いき》りたち、茎《くき》に血管が浮き出た長い性器にうっとり吐息を零《こぼ》しながら先端に口づける。

「……うっ……」

相手の呻《うめ》きに微笑み、舌を伸ばして根元から上まで裏筋を舐め上げる。

相手を喜ばせたい一心で、照れくさい気持ちに蓋《ふた》をして無心に唇と舌を遣う。

「……んっ、ふ、……う、んっ……」

何度も首の向きを変えて長い全長に舌を巻きつけ、血管を押し潰すようにジグザグに舐め上げたり、クリームを舐めとるようにぺろぺろ舌を動かしたり、双球《そうきゅう》をひとつずつしゃぶったり、相手が一番腹筋をびくつかせてみじろぐ舐め方や場所を探してあれこれ試す。

「……あぁ……すご……最高に……きもちぃ……っ」

素直な喘ぎにときめいて顔が見たくなったが、さすがに大胆にしゃぶりながら見上げるのは恥ずかしくて、目を伏せたまま行為に没頭《ぼっとう》する。

茎を擦《こす》りながら張り出したカリを咥え、鈴口《すずぐち》から滲《にじ》む先走りをちゅうっと啜《すす》ると、彼の手がうなじに添えられ、掌《てのひら》から喜びと興奮と感謝が伝わってくるような気がした。

「んっ、んくっ、んっふ、ぅう」

太い幹を含めるだけ飲み込み、歯を立てないように唇で締めつけながら頭を揺らし、口の端から唾液を零してじゅるじゅる音を立ててしゃぶりつく。

相手の荒い吐息に限界が近いことを察し、また口の中に出されたら全部飲んであげようと思いながら吸いつくと、ぐいっと顔を挟んで性器を口から抜きだされた。

息を乱して手の甲で口元を拭《ぬぐ》いながら見上げると、彼もはぁはぁ肩を喘がせて色っぽく目を眇《すが》めて見おろされる。

「……口でしてくれてる生成さんの顔、ちゃんと見られて死ぬほど興奮したけど、エロすぎて、今回もすぐイきそうで、我慢するの大変だった……」

やっぱりずっと見られてたのか、と内心悶《もだ》えつつ、

「我慢なんかしないで達っていいのに……」

と射精寸前の性器にまた唇を寄せようとすると、

「……イくのは、生成さんの中がいいから、もうちょっと我慢します」

と掠《かす》れた声で言いながら身体を仰向《あおむ》けにされた。

下衣を脱がされ、隠すものがなくなった状態で足首を摑んで拡《ひろ》げられ、はしたない恰好《かっこう》のまままじっと中心を視姦《しかん》される。

「……こ、広野くん……、そんなに、見ないで……、恥ずかしいから……」

ただ見られているだけで血が集まってくるそこを手で隠そうとすると、

「……ダメですよ。生成さんだって、結構俺のをガン見してたじゃないですか」

「え……だって……」

俺だってちょっと恥ずかしかったから、おあいこです、と手を押さえられて邪魔される。

触られもしないのに硬く芯《しん》を持って勃ちあがる性器を凝視《ぎょうし》され、また心底お盆がほしくなったとき、食いつくように喉奥まで飲み込まれた。

「あ、んぁあっ！」

最初から激しい動きでじゅぷじゅぷ頭を揺らされる。

明るい電気の下で、相手の唇から自分の性器が出たり入ったりするところを見てしまい、羞《しゅう》恥《ち》に息が止まる。

目をつぶりたいのに、彼は顔の向きを変えて片頬の内側に亀頭を押し当て、大きな飴玉《あめだま》でも含んだように膨《ふく》らんだ頬を外側から手で撫で回し、視覚刺激と内と外からの直接刺激に興奮して目が離せなかった。

「あっ、あっ、広野く、んっ、はっ、も、イきそっ……」

頭をシーツに押しつけて仰《の》け反《ぞ》って悶えると、じゅぽっと口から抜かれて身体を裏返された。

力の入らない腰を抱え上げられ、奥に顔を寄せられる。

「……中、自分で慣らしてくれたって言ってたけど、ちょっと濡らしますね」

「え……」

驚くより先に、奥まった蕾《つぼみ》に舌を這わされた。

「やっ、広野くっ……、なにやって……ダメ、舐めないでっ……！」

性器を口にするときも迷いがなかったが、後孔《こうこう》までなんの躊躇もなく舐め回され、羞恥と驚愕で本気で失神しそうになる。

「やっ、んぁっ、こんなのダメ……いや、んぁっ……ひぁあっ……！」

「……悪い店子だから、ダメは却下です……」

酔ってもいないのに、酔った自分の言葉を真似して彼は行為を続ける。

ぬるぬると唾液が伝うほど舐められ、濡れた舌が襞《ひだ》を辿るたびに羞恥だけじゃない疼《うず》くような快感に腰が揺れてしまう。

悪い店子の執拗《しつよう》な舌遣いにひくひくしてきたそこに、今度はぬめりを纏《まと》った指を入れられた。

「アッ……！　広野くん、そこ、自分で、したからっ……、も、しなくてい……あぁっ」

なにか潤滑剤《じゅんかつざい》を用意していたらしく、長い指を奥まで含まされ、自分では届かなかったところまでかきまわされる。

「こ、広野くっ……も、指、抜いてっ……そこ、そんなされたら、変になっちゃう……！」

「……でも、ミカさんたちが、やりすぎかもってくらい、念入りにほぐせって……」

「そっ、そんなこと……やっ、そんな助言、真に受けなっ……あっ、はぁっ、んんーっ……！」

とんでもない店子たちのアドバイスに忠実に、中の感じる場所をぐりぐり長い間弄られ、シーツを摑んで半泣きで悶えていると、

「……生成さん、もう、挿《い》れてもいいですか……？」

と切羽詰《せっぱつ》まった声で言われ、むしろ安堵を覚えた。

ずっと前からこうしたかった相手だし、それまでにされたことのほうが恥ずかしすぎて、今更恥ずかしがって抗《あらが》う気もなく、こくんと頷く。

大きな手で腰を抱え直され、後孔に熱い亀頭を宛《あて》がわれ、いよいよ来る、と覚悟を決めると、

「……生成さん、頑張りますけど、痛いだけだったらすみません。あとまた興奮して早くイっちゃいそうな気もするし、期待外れだったらすみません」

と先に謝られ、生成は思わず苦笑する。

かっこいいのにヘタレなところも愛《いと》しくて、未知の結合の緊張で強張《こわば》っていた身体から余分な力が抜ける。

どっちかがテンパるとどっちかが落ち着く相互作用で、いまは自分が年上の余裕を見せて励《はげ》まさなければ、と生成は相手を振り返る。

「……広野くん、大丈夫だから、挿れて……？　もし失敗したって、またすればいいし、絶対呆れたりしないし……。俺は広野くんが好きだから、君とすることならなんでも嬉しいよ……？　だから、広野くんの、おっきいの、中で感じさせて……？」

精いっぱい年上の包容力と色気を出そうと努力して誘う。

たいして色っぽくならなかったが、恋人には効果があったようで、広野はごくっと喉を鳴らし、意を決したようにぐっと身を進めてきた。

「あ、ぁ、ううぅんっ……！」

時間をかけてとろとろに蕩《とろ》かされた狭い場所は、一番大きな部分を飲み込むと、あとは従順に長い屹立を受け入れた。

目いっぱい拡げられた孔《あな》に相手の叢《くさむら》が当たるまで奥深く埋《う》め込まれ、圧迫感を上回る充足感に瞳が潤《うる》む。

「……すごい、生成さんの中……、ぎゅって包むみたいに動いて、あったかくて、めちゃくちゃ気持ちいい……」

感嘆の呟きに胸を震わせていると、

「……生成さん、痛くないですか……？　苦しかったりは……」

と気遣われ、浅く吐息しながら首を振る。

「……大丈夫、ちょっと苦しいけど、思ったほど痛くないよ……。だから、たぶん動いても平気だよ……？」

最後までこんな風に相談しながらやるんだろうか、と思ったが、この色気のなさが自分たちらしい気もして、笑みが浮かぶ。

遠慮がちに始まった抽挿《ちゅうそう》は、すぐに我を忘れたような激しいものになる。

「あっ、はぁ、あっ……広っ、ん、ん、あぁんっ」

本人の自己申告に反して暴発する気配もなく、硬い勃起で何度も中を穿《うが》たれる。

「こ、広野く、全然いうこと違っ……、期待以上に、すごすぎ……や、やぁっ」

「……ありがとうございます、俺、誉《ほ》められると伸びる子なんで、もっと頑張ります」

「や、もういっ、も、充ぶ……あっ、ぁんっ、はぁんっ……！」

中のたまらないところを狙いすまされ、はじめは過剰な快楽に怯《おび》えて逃げを打っていた生成も、徐々に自分から高く突き上げた腰を揺すって相手の動きに合わせる。

「は、はぁ、んっ、んんっ……、広野く、いい、気持ちぃぃ……すご、感じる……っ」

「……俺も……すご、いぃ……、ぁ……はぁっ……」

がつがつと早く打ち込まれたり、ゆっくり内襞を捲《まく》り上げるように出し入れされたり、学習能力の高い相手の抽挿に翻弄《ほんろう》されて酔わされる。

腕に力が入らず上半身を伏せた状態で激しく貫《つらぬ》かれ、シーツに擦《こす》れる乳首がじんじん痺《しび》れる。

彼に突かれるたびに足の間で反《そ》り返る性器が揺れ、ぽたぽたと汁を零す。

後ろから突き上げられ乳首と性器も愛撫され、生成は感じすぎて涙を浮かべながら叫んだ。

「こ、広野くんっ、も、ダメ、もうイきたっ、悦《よ》すぎて、おかしくなっちゃうっ……！」

「そんなの、俺だって……。ねえ生成さん、中に、出してもいいですか……？」

がくがく頷くと、強く速まる律動の最後に奥の奥まで打ち込まれ、熱い飛沫《しぶき》を放たれる。

「あ、あぁっ、で、出て、るっ……奥に……っ」

内襞に熱い粘液《ねんえき》を浴び、生成も同時に果てる。

視界が白く霞《かす》むような強烈な絶頂感に身を震わせていると、ずるりと性器を抜きだされ、そ

の刺激にもぶるっと震えてシーツに倒れ伏す。

片頬をシーツに押し当てて肩を喘がせていると、彼に顔を覗き込まれた。

達ったばかりの汗と涙とよだれでぐちゃぐちゃの顔を至近距離で見られ、恥ずかしくて隠したくても、くったりと力の入らない身体はどこも動かせなかった。

彼は肩で息をしながら、

「……生成さん、大丈夫ですか……？　すみません、俺、最後のほう、我慢できなくて遠慮なく突きまくっちゃって……。生成さんの中、頭おかしくなりそうに気持ち良くて、全然止まらなくて……。嫌じゃなかったですか……？」

と心配そうに問う。

最中の強引さも、事後の低姿勢さもどっちも愛しくて微苦笑が漏れる。

相手が自分の躰《からだ》でちゃんと快感を得られたと本人の口から聞けたことにもホッとして、生成は喘ぎすぎて掠れた声で囁いた。

「……ううん、全然嫌じゃなかったよ……。俺、広野くんに夢中で欲しがられるの、嬉しいし……、だから、また次にするときも、遠慮とかしなくていいからね……？」

ちょっと照れくさかったが、素直な恋人につられて正直に答える。

次はいつになるのか、店子たちの予定がわからないので未定だが、そう遠くないといいな、とひそかに思っていると、急に足に硬いものが当たって生成はぎょっと目を瞠《みは》る。

まさかもう復活したのか、と唖然として、

「……いや、次って、いますぐじゃないからね……？　いま終わったばっかりなのに、なんでそんな速攻で大きく……」

とうろたえて首を振ると、彼は薄赤い顔で軽く口を尖らせる。

「……だって、生成さんが嬉しがらせるようなこと言って煽《あお》るから……、いまのは誰が聞いてもおかわりのリクエストだと思うと思いますけど。……じゃあ、いますぐじゃなくていいので、もうちょっと休んだら、もう一回させてもらってもいいですか……？」

上目遣いでねだられ、頼み方が可愛いのでついほだされて、

「……じゃあ、あと一回だけだよ……？」

とこちらも上目遣いの困り顔で答えると、足に当たるものがさらに硬さを増す。

「もう、こら、待って、まだダメだよ……。俺は二十歳じゃないんだから」

へたばる身体をなんとかずらして逃げながら目で咎《とが》めると、彼は照れ笑いしながらチュッと額にキスしてくる。

「……だって、なんだかんだ言って生成さんは俺の我儘《わがまま》聞いてくれるし、ときめくことも言ってくれるし、生成さんもほんとに俺のこと好きでいてくれるんだなって嬉しくて、喜びが直結しちゃって……、ねえ、今度はこの綺麗な顔見ながらしてもいいですか……？」

うっとりしたような眼差しで、顔の輪郭《りんかく》を指先で辿られたり、汗に濡れた髪を手櫛《てぐし》で梳《す》いて

耳にかけられたり、どこかに触れていたくてしょうがないという手つきで顔周りを撫でられる。

生成は顔を赤らめ、

「……今だって汗だくで見られたもんじゃないのに、最中の顔なんて、絶対もっと変だから、あんまり見られたくないんだけど……」

と恥ずかしくて口ごもると、「そんなことないです。生成さんはなにしてたって綺麗です」と断言される。

「こないだアリーさんに、エジプトには『君は僕の太陽だ』みたいな誉め言葉はなくて、向こうでは灼熱の太陽は過酷《かこく》なイメージで、沙漠の夜空に浮かぶ銀色の月のほうが美しいイメージだから、『月のように美しい』って言うって聞いたんですけど、生成さんはほんとに月のように綺麗だと思います」

アリーの影響なのか臆面《おくめん》もなく絶賛され、生成はまたかぁっと頬を熱くする。

「……あ、ありがと……。でも、俺にとっては広野くんはやっぱり月より太陽のイメージかも。最初に心のアイドルみたいって思ったのも、部屋に入ってきただけでパッと明るくなるような雰囲気とか、キラキラした笑顔とか、言葉のチョイスがポジティブなところとか、青空に明るく輝く太陽って感じで、広野くんには『月のよう』より『君は僕の太陽だ』って言いたいかも」

照れながら本音の誉め返しをすると、彼もぽっと頬を染め、

「……そんなにべた褒めされたら、嬉しくて『待て』ができなくなっちゃうんですけど……」

と言いながら仰向けにされて跨《また》がられる。

「生成さんは月のように美しいけど、俺にとっても『あなたは俺の太陽』だから、……もう二回目していいですか？」

また前半と後半にあまり繫がりがないと思う間に、両膝を胸につくほど曲げられて、上向いた入口に性器を押し当てられる。

一応返事を聞くまで待つそぶりを見せつつも、待ちきれないようにぐりぐり孔をノックされ、また火をつけられて生成は赤い顔でお預けを解除する。

結局その晩、「……あと一回だけダメですか……？」「……ほんとにこれが最後だからね」というやりとりを何度も繰り返し、奥様運び選手権で絶叫された「今夜は寝かさないぜ」を実践されてしまったのだった。

＊＊＊＊＊

土曜日の午後も自主休講し、日曜日もひたすらいちゃいちゃして夢のような時間を過ごしたあと、夕方外国人チームから帰途についたと知らせる連絡が入ると、生成《きなり》さんは急に大家の顔に戻った。

「広野《こうや》くん、ミカたちにはたぶんこの週末に致したことはバレてると思うけど、とりあえずみんなの前では何食わぬ顔で普通にしてようね。迂闊《うかつ》に親密な姿を見せるとジャドが喜んで動画撮るかもしれないし」

今更隠しても遅い気もするが、恋人の意向を汲《く》んで「わかりました」と広野は頷く。

「ただいま、生成さんと広野くん」「お土産買ってきましたよ」「コスプレの写真も見て」とまた賑《にぎ》やかに帰ってきた三人を、爛《ただ》れた週末を過ごしたことはおくびにも出さないように努《つと》めながらふたりで出迎える。

「おかえり。楽しかった？　日光江戸村《にっこうえどむら》って外国人の間では『江戸ワンダーランド』っていうんだってね」

生成さんがいつもどおりを装《よそお》ってにこやかに言うと、三人は口々に言った。

「最高だったよ。忍者のショーのクオリティ半端《はんぱ》ないよね。本物なんじゃないかと思ったよ」

「お土産屋さんも楽しすぎて、うっかりあんまり可愛くないにゃんまげグッズまで買っちゃいました」

「途中のサービスエリアで千社札《せんじゃふだ》シールが作れるプリクラがあったから、こないだ広野くんに漢字を当ててもらった僕たちの名前で作ろうと思ったんですけど、常用漢字じゃないのが多くて文字が出ないのもあったから、カタカナで作りました」

　ミカが鞄《かばん》から取り出したシールを見せてもらいながら、

「そっか、もっと簡単な当て字にすればよかったですね。でも『蛇土《じゃど》・有脳《あるのう》』とかだと字面《じづら》がよくないと思って、漢和辞典で綺麗な字を探しちゃったんですよね」

　と言うと、生成さんに「へえ、そんなことやってたんだ。どんな字にしたの？」と訊かれ、『魅嘉《みか》・来智念《らいちねん》』『麝弩《じゃど》・有瑙《あるのう》』『亜理偉《ありい》・虻弗針伊夢《あぶどるはりいむ》』とメモに書いてみせると、「ちょっと昔の暴走族みたいだね」とくすくす笑われる。

　ミカは鞄から別の千社札シールを取り出し、

「これはふたりにお土産です。広野くんの名前はちゃんとできたんですけど、『硴《かき》』という字も出なかったので、生成さんの分は『石花荘《いしはなそう》生成』にしようかと思ったら、落語家みたいだってジャドが言うから、『畔上《あぜがみ》生成』で作ってみました」

　と一枚ずつ差し出され、思わずふたりで顔を見合わせる。

　まるで結婚して苗字が変わったような千社札シールにときめいてしまい、相手も同じことを思っているのが瞳から伝わって、広野は照れながら三人に礼を言う。

「ありがとうございます。旅のお土産ってよくおまんじゅうとかもらうけど、こんな素敵なお土産、もらったことないです」

日本人社会ではもっと異端視されるはずの自分たちの関係を、こんなに肯定的に普通のことのように受け入れてくれる三人の友情に胸が熱くなる。

ミカは口角《こうかく》を上げ、

「そんなに喜んでもらえて光栄ですが、まんじゅうのお土産もあります。江戸村名物『袖《そで》の下まんじゅう』を買ってきたんですが、文字どおり『袖の下』としてこれを渡すので、ふたりの恋の顚末《てんまつ》の一部始終を本人視点で詳しく聞かせてくれませんか」

とまんじゅうの箱を差し出しながら真顔で言った。

「え……」

男同士の恋愛物が異様に好きなジャドに言われるならわかるが、なぜミカがそんなに食いつきよくノロケを聞きたがるんだろうか、と戸惑っていると、

「ミカ、いくら率直なフィンランド人でも、そういうことは日本では根掘り葉掘り聞いちゃダメなんだよ」

と生成さんが赤い顔で窘《たしな》める。

「私はフランス人だけど、めちゃくちゃ根掘り葉掘り聞きたいです。腐女子だし」

「エジプト人もロマンスが大好きだから、僕も是非聞きたいよ」

目を輝かせるジャドとアリーに、「ほんとにからかうのやめてよ」と困り顔で訴える生成さんにミカがきっぱり言った。

「からかってなんかいません。大真面目に論《ろん》ぶ、じゃなくて、純粋にふたりの恋の成就を喜んでるんです。広野くんに聞きたいんですが、奥手の草食系の君が同性間の恋愛というハードルを飛び越せた理由はなんでしょうか。以下から近いものを選んでください。①すべての障害を跳ねのけるほどの魅力が生成さんにあった　②恋ってそういうものだから　③人は人、自分は自分というポリシーがある　④のんきな性格なのでたぶんなんとかなると思っている　⑤下宿仲間のフォローが効果的だった　⑥生成さんのいない人生なんて闇だと思った　⑦生成さんを幸せにできるのは自分しかいないと思った　⑧生成さんが、」

つらつら挙げていくミカの口を身を乗り出して塞《ふさ》ぎ、「もういいってば！　やっぱりからかってるし！」と生成さんが赤い顔でわめく。

広野は⑦を聞いてしばし黙考《もっこう》し、ソファの上で居住まいを正した。

生成さんと外国人チームの顔をひとりひとり見つめ、広野は言った。

「その質問の答えは、全部です。ただ、⑦はまだ断言できる実力がないんで、これから絶対頑張ります。留学してみんなみたいにペラペラになれるように頑張って、見聞《けんぶん》も広めて人として成長して、帰ってきたらちゃんとしたところに就職して、必ず生成さんを幸せにします」

みんなの前で宣言すると、「……広野くん……」と生成さんはきゅんとした顔で見る間に耳まで赤らめ、三人は「あっぱれです」「よく言った」と拍手してくれる。

広野は大事な恋人と大事な仲間をもう一度見ながら、

「前にアリーさんに、アラビア語で『最愛の恋人』や『仲のいい友人』を表す言葉を『ハビビ』っていうって教えてもらったんですけど、俺にとって、ここにいるみんながハビビな人たちだから、生成さんとは一生離れないし、三人とも、このさきみんなが国に帰って離れ離れになっても、ずっと仲間でいたいです」

と心から告げると、三人とも嬉しそうに頷いてくれ、生成さんにも微笑《ほほえ》まれる。

一生物の恋人と友人に出会えて、石花荘に下宿できて本当に良かった、と広野はハビビな人たちの笑顔を見ながら幸せを嚙みしめた。

あとがき

AFTERWORD

―小林典雅―


こんにちは、または初めまして、小林典雅と申します。

今回のお話は以前から一度書いてみたかった下宿物で、美人でオカンな管理人さんと店子《たなこ》の大学生のひとめ惚れから始まるラブコメディです。

今回の自分の萌えツボは、大好きなオカン受と年下ワンコ攻、異文化交流萌え、男の子みたいな女子&女の子みたいな男子萌え、和気藹々《わきあいあい》わちゃわちゃしてる仲間萌え、そして外せない初Hでも絶倫《ぜつりん》攻&お酒を飲むと豹変《ひょうへん》誘い受など、自分的定番の好き設定を詰め込んで楽しく書かせていただきました。

脇キャラのミカとアリーとジャドを書くのが楽しくて、つい初稿でしゃべりまくらせてしまい、担当様から「主役カプ食ってます」とご指摘を受けて、はっと我に返って直しました。

なぜフィンランド人とエジプト人とフランス人にしたのかと言うと、私の友人に映画の『かもめ食堂』のファンが多くて、実際にフィンランドまで旅したり、マリメッコのポーチや傘《かさ》を愛用してたりするフィン好き女子率が高かったことと、初めての海外旅行先がエジプトでいい印象があったことと、おしゃれなショートヘアのフランス女性を見たことがあるからです（すごい適当な理由）（いや、ちゃんと正反対の文化圏でも心を開けば仲良くなれるという希望も込めました）。

作中で各国の国民性を割と断定的に書いてしまいましたが、ネタとしてオーバーに書いているだけで、すべてのエジプト男子がセクハラ野郎と思ってるわけではないです。あと最後のほうに苗字が変わることにときめくという表現をしてしまいましたが、私自身は結婚後の姓は夫婦のポリシーで自由に選択できればいいと思っている派です。

今回、三ヵ国の言葉をいろいろ調べまして、どの国にも日本語みたいな響きの言葉があって興味深かったです。作中にもちょっと入れましたが、ほかにフィンランド語で木造建築のことを『プータロ』、狼のことを『スシ』、女性全般を『ロウバ』、エジプトのアラビア語では海老《えび》が『ガンバリ』、イランでは西瓜《すいか》のことを『ヘンダワネ』というらしいし、フランス語で「どうでもいい」のことを『アンポルターンス』というと知って、今度から何か腹が立つことがあって「あんぽんたん」と呟きたいときに「アンポルターンス」と言ったらおフランスな気分で怒りが収まりそうな気がしました（過去にあんぽんたんを罵倒語《ばとうご》に使ったことはないですが）。

私は既刊の作品とこっそりコラボさせるのが好きで、今回は広野《こうや》が元住んでいたアパートの隣人が、『国民的スターに恋してしまいました』という作品の攻だったという風に仕込んでみました。その続篇の『国民的スターと熱愛中です』では芸能人受と通い婚するために高級タワーマンションに引っ越すので、その前に隣室の広野に濡れ場を聞かれていたという設定です。

ただそれだけなのですが、もしよかったら未読の方はそちらも是非どうぞ（地道にCMしてすみません）。

CMといえば、作中でジャドが生成《きなり》への母の日のプレゼントに選んだ『BLポーズ集』は新書館様から絶賛発売中の写真集を小ネタに使わせていただきました。表紙が裸エプロンのものはありませんが、第八弾くらいに裸エプロンの表紙が出たという態《てい》でお読みくださいませ。

今回は木下《きのした》けい子先生にイラストを描いていただけました。木下先生に描いていただくのは二回目で、前回も年下攻とオカン受でした。何年経《た》っても萌えツボがブレずに変わらないんだな、と改めて思いましたが、木下先生が今回もコミカルな場面と色っぽい場面を鮮《あざ》やかに描きわけてくださって、本当に嬉しくて幸せでした。脇キャラの三人も味わい深く描いてくださって、うっかりジャドに萌えてしまったし、ミカとアリーも友人止まりじゃなく絶対くっつけようと思いました。お忙しい中、素敵なイラストを本当にありがとうございました。

大きな事件はなにも起こりませんが、お互いひと目惚れなのに両片想いするふたりと、愛あるお節介《せっかい》を焼く三人が繰り広げるお茶の間ラブコメを、石花荘《いしはなそう》のもうひとりの店子気分で楽しんでいただけたらとても嬉しいです。また次回作でお目にかかれたら幸せです。

この本を読んでのご意見、ご感想などをお寄せください。
小林典雅先生・木下けい子先生へのはげましのおたよりもお待ちしております。

〒113-0024　東京都文京区西片2-19-18　新書館
[編集部へのご意見・ご感想] ディアプラス編集部「管理人さんの恋人」係
[先生方へのおたより] ディアプラス編集部気付　○○先生

- 初 出 -
管理人さんの恋人：書き下ろし

[かんりにんさんのこいびと]
管理人さんの恋人

著者：**小林典雅** こばやし・てんが

初版発行：2018年9月25日

発行所：株式会社 新書館
[編集] 〒113-0024
東京都文京区西片2-19-18　電話（03）3811-2631
[営業] 〒174-0043
東京都板橋区坂下1-22-14　電話（03）5970-3840
[URL] https://www.shinshokan.co.jp/

印刷・製本：株式会社光邦

ISBN978-4-403-52463-9

ディアプラスBL小説大賞
作品大募集!!

年齢、性別、経験、プロ・アマ不問!

賞と賞金

大賞:30万円 +小説ディアプラス1年分

佳作:10万円 +小説ディアプラス1年分

奨励賞:3万円 +小説ディアプラス1年分

期待作:1万円 +小説ディアプラス1年分

＊**トップ賞は必ず掲載!!**

＊**期待作以上のトップ賞受賞者には、担当編集がつき個別指導!!**

＊第4次選考通過以上の希望者の方には、個別に評をお送りします。

内容

■キャラクターとストーリーが魅力的な、商業誌未発表のオリジナルBL小説。

■Hシーン必須。

■同人誌掲載作は販売・頒布を停止したもの、ネット発表作品は該当サイトから下ろしたもののみ、投稿可。なお応募作品の出版権、上映などの諸権利が生じた場合、その優先権は新書館が所持いたします。

■二重投稿、他者の権利を侵害する作品の投稿は固く禁じます。

ページ数

◆400字詰め原稿用紙換算で**120**枚以内(手書き原稿不可)。可能ならA4用紙を縦に使用し、20字×20行×2～3段でタテ書き印字してください。原稿にはノンブル(通し番号)をふり、右上をひもなどでとじてください。なお、原稿には作品のストーリー概要を400字以内で必ず添付してください。

◆応募原稿は返却いたしません。必要な方はバックアップをとってください。

しめきり 年2回:1月31日/7月31日(当日消印有効)

発表 1月31日締め切り分……小説ディアプラス・ナツ号誌上(6月20日発売)

7月31日締め切り分……小説ディアプラス・フユ号誌上(12月20日発売)

あて先 〒113-0024 東京都文京区西片2-19-18
株式会社 新書館 ディアプラスBL小説大賞 係

※応募封筒の裏に【タイトル、ページ数、ペンネーム、住所、氏名、年齢、性別、電話番号、メールアドレス、連絡可能な時間帯、作品のテーマ、執筆日数、投稿歴、投稿動機、好きなBL小説家】を明記した紙を貼って送ってください。